Ich widme dieses Buch unserer ersten Malteserhündin Penny. Sie war unser Seelenhund.
Penny, wir vermissen dich sehr.

Gaby Bergbauer

Ein Kobold mit weißen Haaren

Tinka erzählt aus ihrem Leben

www.tredition.de

© 2014 Gaby Bergbauer)
Umschlag, Illustration: Karl Bergbauer

Verlag: tredition GmbH, Hamburg

ISBN
Paperback   ISBN 978-3-8495-9324-7
Hardcover   ISBN 978-3-8495-9325-4
e-Book   ISBN 978-3-8495-9326-1

Printed in Germany

Inhalt

Vorwort

Tinka, eine kleine Malteserhündin erzählt aus ihrem Leben. Können Hunde sprechen? Ja sie können - nicht mit den Worten wie wir Menschen. Sie haben ihre eigene Sprache uns Dinge mitzuteilen. Sie verstehen es viel besser, als wir Menschen mit ihren Sinnen zu erzählen. Und ja, Hunde verstehen viel mehr, als nur stumpfe Befehle, wie Sitz, Platz und komm.

Dieses Buch handelt von Geschichten, die das Leben schreibt, wenn man zwei Hunde hat. Es ist kein Erziehungsbuch und auch kein Lehrbuch. Obwohl es auch ein Lehrbuch sein kann, denn wir haben von den Hunden viel gelernt.

Es beschreibt, wie so ein kleiner Kobold von ehemals 111 Gramm die ganze Welt auf dem Kopf stellen kann. Er lässt sich immer wieder neue Dinge einfallen, um uns Menschen zu gefallen. Wir Menschen können nur staunend danebenstehen. Wir erlebten wie Tinka verbissen um das Herz von Penny kämpfte, die sie anfangs nur ablehnte. Penny brauchte keinen weiteren Hund neben sich. Als Rudel hatte sie sich meinen Mann und mich ausgesucht und das reichte ihr. Es zeigt aber auch, wie Tinka mit Freude und Trauer zurechtkommt. Beides ist im Leben eng verbunden.

In Tinkas Augen lesen wir wie in einem offenen Buch. Wir durften zwei dieser kleinen Kobolde ein Stück ihres Weges begleiten.

Wir können so viel von den Hunden lernen, wenn wir Menschen uns die Zeit nehmen, sie zu beobachten, wie sie uns beobachten. Und Hunde tun das mit solch einer Hingabe und sie haben unendlich viel Geduld. Sie bekommen schnell heraus, wie sie ihre Menschen manipulieren können. Sie nutzen das auch schamlos aus, ohne berechnend zu sein. Und wir Menschen lassen uns gerne von ihnen manipulieren.

Ich wünsche den Lesern so viel Freude beim Lesen dieses Buches, wie ich sie hatte, als ich alle Geschichten zusammengefasst und aufgeschrieben habe.

Gaby Bergbauer

Meine ersten Wochen

Am 7. Juni 2010 ist ein kleiner Engel vom Himmel gefallen, und erblickte um 9:30 Uhr das Licht der Welt, in Gestalt eines wunderhübschen weißen Welpen. Ihr Geburtsgewicht betrug 111 Gramm. Einen Welpen mit solch einer Glückzahl zu bekommen, ist etwas ganz Besonderes. Für uns ist sie das größte Geschenk des Himmels.

Das hat mein Frauchen schön beschrieben!

Hallo, mein Name ist Tinka, die Kurzform von Tinkerbell. Ich bin ein hübsches, kleines 4-jähriges Malti-Girl, das zu der Hunderasse Malteser gehört. Ich finde, der Name Tinka passt perfekt zu mir. Unsere Geburt war nicht einfach. Meine Mama brauchte einen Kaiserschnitt, den wir Welpen und sie gut überstanden haben. Zusammen waren wir vier Welpen, zwei Mädels und zwei Buben.

Nach einiger Zeit fing ich an, meine wuscheligen Haare zu bekommen. Wir Malteserhunde haben keine Unterwolle, wie viele andere Hunde. Wir haben Haare, wie die Menschen. Darum müssen wir alle zwei Wochen gebadet werden. Das finde ich nicht toll. Als wir fünf Wochen alt waren, fing meine Züchterin damit bei uns an. Nur die warme Luft von dem Fön gefiel uns, sie wärmte uns schnell wieder auf. Als wir fertig waren, legten wir uns alle vier in einer Ecke zusammen und auch übereinander. Das fühlte sich schön kuschelig an. Mit acht Wochen mussten wir zur Tierärztin. Wir bekamen unsere erste Impfung und den Chip. Wir haben alle furchtbar geschrien, weil die Tierärztin uns mit dem Chip so wehtat. Seitdem habe ich echte Panik vor Menschen, die nach Tierärzten aussehen. Diese Tierärztin zeigte für uns wenig Feingefühl.

In der Folgezeit habe ich viel gelernt. Das war die Zeit, wo ich alles erkundet hatte, was es gab. Wir waren lange genug in der Wurfkiste. Besonders ich war sehr neugierig auf alles, was die Welt für kleine Welpen zu bieten hatte. Und es gab viel zu entdecken.

Außer uns vier Welpen, es gab noch eine zweite Zuchthündin, die dazu gekauft wurde. Sie war zwei Wochen älter als wir. Und dann gab es noch vier ältere Hunde. Bei den vielen Hunden hatte unsere Züchterin viel zu tun, um uns Welpen wieder einzusammeln. Es freute uns, dass wir alle unter die Schränke passten. Dieses Versteckspiel machte uns großen Spaß. Wir waren mucksmäuschenstill, damit uns die Züchterin nicht gleich fand. Und wir machten uns einen Spaß daraus, in alle Richtungen zu laufen, wenn sie uns einfangen wollte.

In der Wohnung der Züchterin gab es noch einen kleinen Wellensittich, er ist von seinem Vogelbauer zu uns auf den Boden geflogen und lief schnell weiter. Er hatte ein blaugelbes Federfell, ach nein, Vögel haben kein Fell, sondern ein Federkleid an. Alle sagten, dass er größenwahnsinnig sei, weil er zu uns auf dem Boden flog und auf dem glatten Laminat nicht schnell laufen konnte.

Bei den vielen Hunden war das nicht ungefährlich, dass ihn einer von uns erwischte. Der Wellensittich rutschte auf dem glatten Laminat mit seinen Krallen genauso, wie wir mit unseren Pfötchen. Ihn zu jagen hat uns großen Spaß gemacht. Ich bin heimlich und ganz leise hinter ihm hergeschlichen, konnte ihn aber nicht erwischen.

Er war klar im Vorteil, weil er Flügel hatte. Wenn wir ihm zu Nahe kamen, ist er einfach weggeflogen. Ich habe mich bemüht ihn zu fangen, es klappte nicht. Bis ich begriff, dass ich keine Flügel hatte, also auch nicht fliegen konnte. Ich habe meine Pfötchen, wie der Wellensittich seine Flügel,

schnell hin und her bewegt, bei aller An-
strengung, ich hob nicht ab. Da beschloss
ich, meine Pfötchen besser einzusetzen, und
mich nicht mehr um den Wellensittich zu
kümmern.

Als unsere Haare länger wurden, bekamen wir einen kleinen Gummi in die Haare.
Noch waren unser Haare für einen Zopf zu
kurz. Ich machte mir einen Spaß daraus, mit
den Pfötchen herumzuwuseln, bis der Gummi draußen war. Dann freute ich mich diebisch, aber gleich kam die Züchterin zu mir,
um mir den Gummi erneut in die Haare zu
machen. Sie sagte, dass ich mich daran gewöhnen muss. Das sah ich anders. Dieses
Spiel wiederholten wir mehrmals am Tag.

Wir waren nun fast zwölf Wochen alt, das
richtige Alter, um zu unseren neuen endgül-
tigen Familien zu kommen.

Auf zu neuen Ufern

Zu meinem neuen Rudel gehörten mein Frauchen Gaby, mein Herrchen Karl und die Malteserhündin Penny. Ich erzähle euch gerne etwas über mich und meiner neuen Familie. Was ich für Streiche ausheckte, und was ich mir bis heute alles einfallen lasse, um meine Menschen zu erfreuen. Das ist das Hauptanliegen von uns Hunden. Ich berichte auch, welche Geschichten Penny mir später erzählte.

Meine neuen Menscheneltern lebten viele Jahre in Florida USA und sind im Juli 2010 nach Deutschland zurückgekommen.

Es war der 28. August 2010, als für mich ein tolles Leben begann. Ich würde meine neuen Menscheneltern kennenlernen und vor allem Penny. Wir fuhren alle im Auto nach Frankfurt. Für uns Kleinen waren die drei Stunden Autofahrt langweilig und sehr lang. Es war ein Gewusel im Auto, dass wir keine Ruhe fanden. Wir waren alle auf dem Rücksitz, in einer Autoschutzdecke, die an allen Seiten hochgeschlossen war. Ein Netz war von den beiden Vordersitzen zum Dach gespannt. Uns konnte nichts passieren. Im Auto waren die Züchterin, ihr Mann, Mama,

Papa, die Zuchthündin, zwei meiner Geschwister und ich. Ein Welpe von uns war schon bei seiner neuen Familie. Wir sind mit sechs Hunden vorgefahren.

Ich freute mich besonders, dort meine neue Freundin Penny kennenzulernen. Von meiner Züchterin hatte ich einiges über Penny erfahren. Ich war auf sie gespannt. Mein Frauchen hatte mir eine kleine Decke von sich geschickt, damit ich ihren Geruch wahrnehmen konnte. Ich erkannte ihren Geruch sofort, als meine Züchterin mich meinem Frauchen in den Arm legte. Was ein Glück, nicht dass sie mich mit einem meiner Geschwister verwechselte. Frauchen hat sich gleich gefreut und meinte, dass ich so winzig wäre, ich war zu dieser Zeit 1142 Gramm schwer.

Mein neues Frauchen war entzückt von mir und sagte, dass ich schöne weiche und flauschige Haare habe. Ich kuschelte mich gleich bei ihr ein und sie freute sich darüber. Sie küsste mich, bevor sie mich herunterließ. „Ich wachse noch weiter, versprochen", sagte ich. Es war so viel Remmidemmi im Haus, dass wir keine Zeit fanden, uns näher kennenzulernen. Ich habe meine Menscheneltern aber sofort gemocht.

Als ich mein neues Herrchen beobachtete,

dachte ich mir, mit ihm würde ich eine spaßige Zeit haben. Er machte ständig witzige Sachen das fand ich cool. Gleichzeitig entdeckte ich noch einen Malti, der abseits des Geschehens stand und uns Eindringlinge beobachtete. Das musste die Penny sein. Penny war viel größer als ich und sie hatte schöne lange Haare, die hatte ich noch nicht. Sie war nicht erfreut, uns zu sehen. Ich dachte mir gleich, das kriege ich noch hin. Wir waren ihr bestimmt zu viele Hunde.

Pennys Verlustängste kamen, wenn unsere Menschen Kisten oder Koffer packten. Meine Züchterin brachte eine Kiste mit, wo mein Spielzeug drin war. Da sahen wir, dass Penny zu zittern begann. Herrchen sah das sofort, ging zu ihr hin, und redete beruhigend auf sie ein. Er packte mein Spielzeug aus dieser Kiste und brachte sie aus dem Haus, und gleich ging es Penny besser. Das verstand ich nicht. Ich freute mich über jede Kiste, mit der konnte ich toll spielen und mich darin verstecken.

Penny beobachtete unser treiben und wusste nicht, was sie davon halten sollte. Hoffte sie, dass wir alle bald nach Hause gingen? Zuerst ging ich auf Entdeckungsreise in meinem neuen Zuhause. Es war eine Wohnung mit zwei Zimmern. Im Flur war ein

Treppenabgang zum Keller, das weckte mein Interesse. Mein feines Näschen hat von dort ein Geruch vernommen, der mir bisher unbekannt war. Davor war ein Gittergeländer. Ich stand an diesem Geländer und schaute hinunter. Ich hätte spielend durch die Gitterstäbe gepasst. Als die anderen mich sahen, wie ich die Treppe inspizierte, haben sie gleich eine Holzplatte davor gestellt, damit ich nicht die Treppe hinunterfalle. Ich komme bald dahinter, was sich da unten verbirgt.

Im Wohnzimmer lag eine große, blaue Spieldecke, nur für uns Hunde. Hier könnte es mir gefallen, dachte ich mir. Alles war für mich neu und total aufregend. Wir saßen in der Küche, wo die Menschen sich den Kuchen schmecken ließen. Da hat mein Papa in Pennys Trinknapf gepinkelt. Der Mann meiner Züchterin schimpfte ihn aus, und wir bekamen neues frisches Wasser. Als wir später das Wohnzimmer in Beschlag nahmen, hat Frauchen versucht, mit meinem Papa, meiner Mama und mir ein Familienfoto zu machen. Das kommt bei Hunden nicht so oft vor, dass es ein Foto gibt, wo alle drei abgebildet sind.

Mein Papa sah von den Haaren her, noch wilder aus als ich. Von allen Hunden, die in dieser Wohnung waren, hatte Penny die schönsten, Haare. Sie hat sich nicht so ver- wuschelt, wie ich. Sie war 14 Jahre alt und ich fragte mich, ob alle Omis so sind?

Dass Fotos mit mir wuseligem Girl nicht gut zu machen sind, ist verständlich, mir fiel es nicht leicht, still zu sitzen. Das können alte Hunde, ich nicht. Ich sah immer etwas Interessantes, was ich mir sofort und gleich betrachten und untersuchen musste. Darum nannten sie mich Kobold, ich musste immer in Bewegung sein. Wie sollte ich sonst die Menschen in meinen Bann ziehen? Deshalb war es nahezu unmöglich, uns drei auf ein Foto zu bekommen. Mein Papa schaute nicht einmal in die Kamera. Mein Frauchen hatte es aufgegeben.

Ich spielte eine Weile mit meinen Ge- schwistern, und dann hieß es Abschied, von meiner bisherigen Familie zu nehmen. Am frühen Abend ist die Züchterin mit Mann und den Hunden ohne mich, nach Hause gefah- ren. Ihr Mann hatte Tränen in den Augen, als er sich von mir verabschiedete. Penny hatte sich umgeschaut, sie sagte: „Hey ihr habt eine vergessen mitzunehmen!"

Penny war nicht gerade freundlich zu mir. Ich hatte ihr nichts getan, dass ich in ihr Territorium eingedrungen war, wusste ich zu diesem Zeitpunkt nicht. Penny war bisher alleine als Vierbeiner bei Herrchen und Frauchen, und jetzt musste sie ihr Prinzessinnen-Dasein mit mir teilen. Diesen Rang musste ich mir erst erobern.

Nachdem der Trubel vorüber war, musste ich mich fünf Minuten ausruhen. Der Tag war für mich ereignisreich mit all den neuen Eindrücken. Wenn ich fünf Minuten sagte, meinte ich das auch. Ich brauchte nicht länger, anschließend war ich wieder fit. Ich bin ein flippiges Girl, dass am liebsten gerne überall zur gleichen Zeit wäre. Ich habe nichts kaputt gemacht, das möchte ich hier deutlich hervorheben. Okay, ich gebe zu, den Läufer im Flur der einen Gummirand hatte, den Rand habe ich rund geknabbert. Der Läufer hatte mir rund besser gefallen. Mehr habe ich nicht „verschönert.“

In erster Linie bestand mein persönliches Hauptanliegen darin, das Herz von Penny für mich zu gewinnen. Das war anfangs wirklich nicht leicht. Die Herzen von Frauchen und Herrchen hatte ich sofort im Sturm erobert.

An lustigen Ideen mangelt es mir nicht. Das sehe ich, wenn ich in die Augen von Frauchen und Herrchen schaue, wie erstaunt sie über mich kleinen Wesen sind. Mit soviel Elan haben sie bei mir nicht gerechnet. Tja, eine Schlaftablette bin ich ganz sicher nicht.

Es kam die erste Nacht in meinem neuen Zuhause, und ich war gespannt, wo ich schlafen durfte. Zu meiner Überraschung durfte ich gleich mit in dem großen Bett schlafen. Das fand ich toll. Das amerikanische Bett war viel höher als ich es von meiner Erstfamilie her kannte. Sie hatten kein amerikanisches Bett, das hatten sich Frauchen und Herrchen aus Florida mitgebracht. Frauchen sagte, es ist 65 cm hoch. Für uns Maltis viel zu hoch. Penny hatte 23 cm Schulterhöhe. Ich sah, dass es an der linken Seite des Bettes eine Hundetreppe gab. Da kam ich aber auch noch nicht hinauf, also wurde ich auf das Bett gehoben.

Damit ich nachts nicht herausfalle, haben Frauchen und Herrchen um das Bett Decken ausgelegt. Sie hatten Angst, dass ich mir wehtue, sollte ich nachts doch heraus plumpsen. Penny und ich schliefen in der Mitte des Bettes auf einem kuscheligen Handtuch. Es konnte nicht viel passieren. Penny lag oben am Kopfende im Bett und ich weiter unten. Um auf Frauchen oder Herrchen herumzuklettern, war ich zu müde. Ich schlief auf der stelle ein und habe meine erste Nacht im neuen Zuhause komplett durchgeschlafen. Heimweh hatte ich nicht nach meiner Erstfamilie, ich fühlte mich in meinem neuen Zuhause wohl. Die Züchterin rief am nächsten Morgen an und fragte danach, und sie war erstaunt, dass ich nicht gejault oder geschrien hatte. Dazu hatte ich keinen Grund. Frauchen knuddelte mich in den Schlaf. Beide waren von mir total entzückt. Herrchen kümmerte sich dann viel um Penny, sie brauchte das Gefühl, das sie nicht abgeschrieben war. Ich hatte sofort gemerkt, Herrchen wickle ich locker um mein kleines Pfötchen, das ging schnell. Wir Hunde sind schlau und beobachten unsere Menschen und wissen schnell, was machbar ist. Und hier käme ich auf meine Kosten, das fühlte ich.

Am nächsten Morgen kam mein erster Gassigang in einer ungewohnten Umgebung. Das fand ich nicht toll, es war kalt und die großen Autos an der Hauptstraße machten mir Angst. Das Wohnhaus lag an einer Hauptstraße. Auf der anderen Seite der Straße war ein kleiner schmaler Grünstreifen. Dahinter befand sich ein Kinderspielplatz mit einer schönen großen Wiese. Sand war unter den vielen Klettergeräten. Der Spielplatz war an drei Seiten eingezäunt. Wir durften da nicht rauf. Es stand ein großes Schild am Eingang mit dem Hinweis, „Für Hunde verboten".

Das habe ich nicht kapiert, ich war ein Kind, ein Malti-Kind und wäre gerne da rein gegangen und hätte mit den Kindern gespielt. Ich habe sie zwar gerufen, sie haben mein Bellen missverstanden. Sie sagten: „Ist der Hund süß." Klar meinten sie mich damit.

Frauchen trug mich auf die gegenüberliegende Straßenseite, weg von der Hauptstraße und wir liefen in die nächste Seitenstraße, wo es ruhiger war. Herrchen hatte Penny an der Leine. Dort gefiel es uns viel besser. Am Ende der Straße fingen die Felder an und dort konnten wir uns austoben, bis es nach Hause ging. Da wir außerhalb von Frankfurt wohnten, waren überall Felder am Rand der Siedlungen und mit einer Wiese davor.

Als ich 16 Wochen alt war, stand eine weitere Impfung an. Die Tierärztin sagte, dass sie mich nicht impfen könne, weil ich geschwollene Lymphdrüsen hatte, ich bekam Antibiotika. Ich durfte für eine Woche nicht raus, weil es zu kalt war, und damit die Entzündung abklingen konnte. Meine lieben Menschen zeigten mir im Badezimmer, eine Auflage, wo ich Pipi machen konnte. Anfangs hat es nicht gut geklappt, mit der Zeit habe ich begriffen, auf die Auflage im Badezimmer durfte ich rauf. Nach einer weiteren Woche konnte die Impfung statt-finden. Ich war tapfer, habe keinen Mucks von mir gegeben. Die Tierärztin staunte nicht schlecht, sie dachte, ich würde schrei-en. Pah, was dachte sie von mir? Dass ich ein Weichei wäre? Das hatte ich nur beim Chippen getan.

Ich war es gewohnt, im Badezimmer auf die Auflage mich zu entleeren. Sodass ich, wenn wir Gassi gingen, draußen nichts ge-macht habe. Ich habe mir alles verkniffen, und sobald wir nach Hause kamen, wetzte ich ins Bad auf meine Auflage. Jetzt hieß es, ich sollte draußen mein Geschäft machen, wie Penny. Ich kam total durcheinander, ich dachte, ich soll es im Bad machen und jetzt doch nicht? Ich war ganz konfus.

Herrchen erzählte mir eines Tages, wie es Penny erging: „Wir holten Penny dort aus einem Tierheim und sie litt unter großen Verlustängsten. Als wir wieder zurück nach Deutschland mussten, brauchte Penny Pa-piere von einem Amtstierarzt, um in Deutschland einreisen zu dürfen. Alle waren gespannt, wie sie die Flugzeit von zehn Stunden überstehen würde. Kleine Hunde bis sechs Kilogramm durften mit in die Kabi-ne des Flugzeuges. Normalerweise müssen

Tiere in ihrer Box oder Reisetasche unter dem Sitz. Durch ihre Verlustängste hatten wir bedenken, dass Penny das Flugzeug zusammenbellte. Beim Einstieg ins Flugzeug sagte die Stewardess: „Da ist die kleine Hundedame Penny, wir haben dich schon erwartet." Die Reisetasche von Penny war oben offen, so konnte sie sich alles anschauen und jeder fand Penny sehr süß. Da wir im Mittelgang saßen, stellten wir die Tragetasche mit Penny zwischen uns auf dem Boden.

Die anderen Passagiere störten sich nicht an Penny, so konnten wir die Reisetasche offen lassen. Penny hatte sich noch vor dem Start hingelegt und hat die ganzen zehn Stunden fast durchgeschlafen. Nur einmal wachte sie kurz auf, schaute nach uns und legte sich wieder schlafen. Sie wollte nur wissen, ob wir noch da waren. Die Frau, die neben deinem Frauchen am Mittelgang saß fragte, ob Penny eine Narkose bekam? Sie konnte es nicht verstehen, dass Penny nur schlief. Penny bekam keine Medikamente. Der Amtstierarzt hatte davon abgeraten. Als das Flugzeug in Frankfurt landete, erst da erwachte Penny. Sie schaute aus ihrer Tragetasche heraus und bestaunte die Menschen, die in den Gängen standen, um aus dem Flugzeug zu steigen. Das ging für sie alles ohne Stress ab. Auf Anraten von dem Amtstierarzt hatten wir für Penny gefrorenes Wasser dabei. Das würde den Hunden reichen, wenn sie daran lecken, aber Penny brauchte das nicht."

Eine Begebenheit muss ich euch erzählen. Da war ich ca. 17 Wochen alt und wir gingen mit Herrchen spazieren. Auf einer großen Wiese hinter der Häuserreihe näherte sich uns ein Hund mit seinem Herrchen. Der Hund war nicht angeleint und er war größer als Penny. Er hatte vor, mit Penny zu spielen. Da kannte ich nichts, ich hatte ihn mit einem wilden Tanz und lautem Gebell von Penny weggedrängt, dass er das Weite suchte. Ich rief ihm noch nach, „Hey, das ist meine Penny, lass deine Pfoten von ihr!" Mein Herrchen staunte nicht schlecht, als er mich sah. Er unterhielt sich mit dem Herrchen von dem Hund. Ich hatte nicht das geringste Interesse zu wissen, wie der Hund hieß. Das Gemeinste war, dass sie über meine Aktion gelacht haben. Nur weil ich so klein war. Die Sache war mir ernst. Der Hund hat es mehrmals versucht, und ich bin jedes Mal dazwischen gegangen. Mit meinem Stimmchen konnte ich mir Gehör verschaffen.

Der Hund hatte keine Chance an mich

heranzukommen, ich war ihm viel zu wild und zu schnell. Wenn es um meine Penny ging, kannte ich keine Gnade. Er hat bestimmt gedacht, mit der Zicke ist nicht gut Kirschen essen, damit hatte er absolut recht. Mein Frauchen war erstaunt, als Herrchen es ihr erzählte und sie lachte. Obwohl Penny mich ignorierte, habe ich sie verteidigt. Das war bei mir Ehrensache und ich hoffte, sie war stolz auf mich.

Eines Tages hörte ich, wie sich Frauchen und Herrchen unterhielten, wie ich auf ihre Wunschliste kam. Sie sagten, der Züchterin, mit der sie befreundet waren, dass sie das erste kleinste Girl vom ersten Wurf kaufen wollten. Normalerweise ist es so, dass die Leute zum Züchter gehen und sich einen Hund aussuchen. Da meine Menschen zu dieser Zeit in Florida wohnten und die Züchterin in Deutschland, war das nicht möglich. Herrchen und Frauchen kamen erst sechs Monate später aus den USA nach Deutschland zurück, um mich in Empfang zu nehmen. Es hatte zeitlich perfekt geklappt. Das war mutig von meinem Frauchen, da sie nicht wusste, wie ich in Wirklichkeit aussehen werde. Na klar war ich die Hübscheste. Das steht außer Frage.

In der Folgezeit bin ich immer wieder auf

Penny zugegangen, habe sie lauthals zum Spielen aufgefordert. Sie ließ mich nicht in ihrer Nähe, ihr Blick warnte mich sofort. Das hat mich nicht gestört. Hier war es jetzt viel ruhiger, als ich es mit den vielen Hunden gewohnt war. Ich hatte mich frech zu Penny ins Körbchen gelegt, und ich glaubte daran, dass sie sich an mich gewöhnt.

Frauchen hatte für mich in Florida einen kleinen Stoff-Delfin gekauft, er war von Anfang an mein Lieblingsspielzeug. Er war größer als ich und ich nahm ihn überall mit. Die Züchterin hatte Spielzeug für mich hier gelassen. Unter anderem einen kleinen Spieltunnel, der Tunnel ist schwarz/weiß gestreift und ein kleiner weißer Ball war auf der einen Seite oben angebunden. Den Ball habe ich schnell abbekommen. Den Tunnel fand ich ohne Ball viel schöner.

Das Spiel mit dem Tunnel hat mir gut gefallen. Am liebsten hatte ich mich auf den Tunnel oben draufgelegt. Das hatte einen kleinen Hängematteneffekt, ich liebte das sehr. Alle lachten, als sie mich sahen. Ich war vor Pennys Körbchen, wo sie lag, mit ihr auf Augenhöhe. Das kam bei meiner damaligen Größe nicht oft vor. Ich plante, ein kleines Pläuschchen mit ihr zu halten. Penny hatte das nicht sonderlich interessiert. Sie hatte mich von oben herab angeschaut. Es war schwierig an Penny heranzukommen. Eines Tages würde ich es schaffen, das wusste ich.

Es machte mir viel Spaß mit meinem Herrchen zu spielen, er ist witzig. Was er für Ideen hat, eines Tages kam er zu mir auf den Boden und nahm den Tunnel und lockte mich. Ich ging in meine berühmte Wartestellung. Ich legte mich flach auf den Boden, meine Augen beobachteten alles, visierten Herrchen scharf an und ich wartete. Meine Rute wedelte vor Spannung hin und her. Ich sah, wie Herrchen seinen Kopf durch den Tunnel steckte, das fand ich lustig. Ich hatte viel Spaß, weil ich gleich sah, dass Herrchen viel zu groß war und nicht durch den Tunnel passte. Der Kopf ging rein, mehr nicht. Ich rannte sofort von der anderen Seite in den Tunnel und leckte ihm das Gesicht. Ich passte komplett in den Tunnel hinein und Frauchen lachte, als sie uns sah. Wir beide konnten herrlich spielen.

Als Herrchen den Tunnel freigab, versuchte ich den Tunnel auf das Sofa zu ziehen. Penny war auf dem Sofa, ich schaute mein Frauchen an, damit sie mich zu Penny hob. Ich schaffte das nicht alleine. Vor dem Sofa war zwar eine kleine Hundetreppe, sie war noch zu hoch für mich. Frauchen hatte mich hochgehoben. Den Tunnel konnte ich nicht auf das Sofa ziehen. Ich war zu klein und der Tunnel zu groß.

Ein anderes Spielzeug faszinierte mich. Es war eine dicke Schnur und am Ende war ein schwerer Ball mit der Schnur verbunden. Beim Spielen ist mir der Ball vom Sofa gefallen, ich hatte die Schnur noch im Mäulchen und ich versuchte, den Ball hochzuziehen. Wenn ich zum Sofaende kam, ist der Ball auf dem Boden zurückgeglitten.

Alle Augen waren auf mich gerichtet. Ich musste einsehen, dass ich eine andere Technik finden musste. Mir war klar, eines Tages schaffte ich es, wo der Ball keine Chance gegen mich hatte. Frauchen und Herrchen gaben sich Mühe, mich und Penny zusammenzubringen. Penny war unnahbar, ich fand Penny toll, was sie alles wusste und konnte. Ich nahm ihr nichts weg. Penny ist vor mir in den Fernsehsessel geflüchtet, wenn es ihr zu viel war. Da kam ich nicht alleine rauf.

Ein paar Tage später waren Penny und ich zusammen auf dem Sofa, das war meine Chance, dachte ich. Ich bin vor ihr herumgetänzelt, habe sie aufgefordert mit mir zu spielen. Ich bin an ihr vorbei gerannt, sie hat sich blitzschnell zu mir gedreht. Sie war auf Zack, meine Penny. Ich bin über das Ecksofa gerannt. Penny ließ mich nicht aus den Augen. Ich hatte Penny hinten an den Haaren gezogen, daraufhin drehte sie sich blitzschnell wieder zu mir um. Das ist der Eingang zu Pennys Herzen, dachte ich mir. Ich machte weiter, bis ich eine kleine Pause brauchte und Penny sprang vom Sofa. Es war ein guter Anfang.

Unser Futter gab es in der Küche. Meine Penny bekam zu dieser Zeit Seniorfutter, das fand ich lecker. Und Penny liebte mein Welpenfutter. Da hatte Frauchen viel zu tun, um uns zu trennen, damit wir unser jeweiliges Futter bekamen. Frauchen war froh, als es für uns beide nach ein paar Monaten normales Futter gab. Penny bekam dann auch kein Seniorfutter mehr.

Was ich nicht mochte, war das tägliche Kämmen. Wer das erfunden hat, der hat an mich nicht gedacht. Frauchen sagte zwar, das gehört dazu, ich denke ganz anders darüber. Ich wehrte mich, es half nichts, ich musste da durch. Und das Baden erst, obwohl ich das kannte, fand ich es nicht berauschend. Ich versteckte mich, wenn ich merkte, es ging ans Baden. Penny mochte das Kämmen und Baden auch nicht. Juhu, wir hatten etwas gemeinsam.

Unsere „Schönheitsfarm" ist auf der Waschmaschine im Badezimmer. Frauchen hatte eine Gummimatte auf die Waschmaschine gelegt, damit wir nicht wegrutschten. Da begann das tägliche Kämmen und Bürsten. Ich tat manchmal, als ob es mir nichts ausmacht. Ich wusste, am Ende gab es ein Leckerchen. Sobald ich von der Schönheitsfarm herunter gelassen wurde, stylte ich mich um. Das machte ich, seitdem der erste Gummi in meine Haare kam, und das wird sich wohl nie ändern. Egal, ob ich eine Schleife in den Haaren habe, oder nicht. Ich zerwühlte mit meinen Pfötchen die Haare an den Ohren. Und oben, wo die Schleife sitzt, half ich auch nach. Ich rieb mir am Boden das Näschen und dann erst war ich zufrieden. Die Barthaare waren schön wild durcheinander. Ich zeigte es Frauchen, indem ich sie glücklich ansah, das gefällt mir. Komisch, ich hatte das Gefühl, dass ihr mein styl nicht gefiel. Es kam vor, dass sie fragte: „Wofür kämme ich dich?" Sag ich doch, dass muss auch nicht sein, gab ich ihr zu verstehen.

Frauchen ließ mich machen. Sie kämmte mich nicht sofort neu, wenn ich mich um stylte. Sie weiß, ich habe meinen eigenen

Kopf und ich glaube, das mag sie immer noch an mir. Sie findet Hunde mit Charakter gut, und den hatten Penny und ich. Manchmal lachte Frauchen und sagte zu mir: „Auf diese Weise wirst du keine feine Dame." Pah, das brauche ich nicht sein. Ich liebe es, wenn alles schön verwuschelt ist. Anders fühle ich mich nicht wohl. Ab und zu mache ich eine Ausnahme, wenn Frauchen uns lieb bittet, dass sie ein paar Bilder machen möchte.

Ich gab weiterhin mein bestes, Pennys Sympathie zu erlangen. Sie hatte keine Lust, mit mir etwas anzufangen. Eines Tages lag sie in ihrem Körbchen auf einem Handtuch, und ein Zipfel von dem Handtuch ragte heraus. Ich versuchte, ihr das Handtuch zu klauen. Sie schaute mich an, ich hatte das Gefühl, das sie schadenfroh grinste. Penny war klar, dass ich das nicht schaffen konnte. Ich war wütend, als mir das nicht gelang. Penny war eine Omi und ich war klein. Sie hätte mich unterstützen können. Penny hat sich keinen Millimeter bewegt, ich versuchte ihr zu zeigen, wie stark ich bin. Auf welche Art ich es auch versuchte, es ist mir einfach nicht gelungen. Ich ging in meine Höhle und schmollte, Penny schaute mir nach.

Nach sechs langen Wochen hatte ich gewonnen. Penny fing an, sich an mich zu gewöhnen. Ich hatte das geschickt angestellt, und legte mich zu ihr ins Körbchen, wenn ich ein Nickerchen hielt. Ich sagte nichts und bellte nicht. Ich lag einfach bei ihr. Körbchen gab es viele in der Wohnung, egal in welches sich Penny legte, ich kuschelte mich einfach an sie. In Florida hatten Frauchen und Herrchen ein großes Haus und Penny hatte in jedem Zimmer ein Körbchen. Obwohl Herrchen sagte: „Alle Körbchen brauchen wir in Deutschland nicht", packte Frauchen sie heimlich in die Kisten. Wir hatten jederzeit die Auswahl in Größe, Muster und Farbe. Es blieb uns überlassen, in welches Körbchen wir uns legten. Ich bekam ein neues Körbchen, als ich hier ankam und die Höhle. Ich legte mich immer zu Penny. Mir war es egal, ob ihr das gefiel, oder nicht. Der Erfolg gab mir recht.

Ich war glücklich, dass ich es geschafft hatte. Die nächste Zeit war echt toll mit Penny, wir spielten zusammen. Penny übernahm die Mutterrolle und brachte mir alles bei, was ein kleines Malti-Girl wissen und können muss. Ich war eine gelehrige Schülerin. Einiges verstand ich nicht, warum ich dieses oder jenes nicht durfte.

Das Zusammenhalten vor Frauchen und

Herrchen klappte nahezu perfekt. Da hielten wir zusammen, wie Pech und Schwefel. Wir waren ab diesem Zeitpunkt wie echte Geschwister, wir stritten und liebten uns. Es war supereinfach, unsere lieben Menschen um unsere Pfote zu wickeln.

Meine Penny konnte gut mit meinem Tempo beim Spielen mithalten. Ich war aber in allem sehr schnell, das meinten meine Menschen, wenn sie sagten, ich hätte Pfeffer im Po. Wenn ich meine fünf Minuten hatte, fegte ich durch die Wohnung, da gab es kein halten mehr. Das war Penny zu hektisch und sie schaute mir nach. Vom Wohnzimmer flitzte ich in den Flur, rechts in die Küche und zurück ins Wohnzimmer. Auf dem Rückweg sprang ich in ein Körbchen. Unsere Menschen kamen aus dem Staunen nicht mehr heraus. Ich war klein und blitzschnell. Zum Ausgleich schmuste ich gerne. Nach dem Rennen kommt bei mir eine Schmuse-Einheit gut an. Am liebsten habe ich es, wenn sie mir den Bauch kraulen. Wenn ich sie kommen sehe, schmeiße ich mich auf den Rücken. Penny machte das nie, ist mir aufgefallen. Ich liebte es total. Herrchen und Frauchen teilten sich gut auf, wenn mein Frauchen mich kraulte, ging Herrchen zu Penny. Ich liebe mein Frauchen, und ich liege immer bei ihr. Mit Herrchen stelle ich die ulkigsten Dinge an.

Wir fuhren eines Tages zu einer Freundin von Frauchen. Sie hatte auch ein Malti-Girl, wie wir. Paula war drei Jahre alt und wog 2kg. Sie war viel kleiner als Penny, obwohl Paula ausgewachsen war. Als die Tür aufging, war Penny angriffslustig. Frauchen nahm Penny auf dem Arm. Das Herrchen von Paula sagte, Frauchen könne Penny ruhig runter lassen. Es kam, was kommen musste, Penny griff Paula an. Paula erschrak, weil sie mit dem Angriff nicht gerechnet hatte. Frauchen war das peinlich. Nach einer Weile gab Penny Ruhe, nicht ohne mich ständig zu beobachten. Penny tat sich schwer mit anderen Hunden hier in Deutschland. Frauchen sagte, in Florida war sie zu kleinen Hunden sehr verträglich. Wir kennen Pennys Vorgeschichte nicht. Ob das mit ihren Verlustängsten zusammenhängt? Ich hatte mich mit Paula gleich verstanden, und es ging rund bei uns. Wir waren auf einer Wellenlänge.

Wir rannten durch die Wohnung, Paula zeigte mir alle Zimmer. Ich bekam ihren eigenen Kleiderschrank zu sehen. Oh Schreck, viele Wintermäntelchen hingen dort. Und einer sah aus, wie ich ihn bekam. Sie zeigten uns einen Film von Paula, und ich erschrak. Paulas Frauchen hatte Paula das Geburtstagsgeschenk überreicht. Paula schnupperte dran und zeigte nicht viel Interesse, ihr Frauchen war darüber enttäuscht. Das Geschenk machte Paulas Frauchen für sie auf. Als ich sah, was da zum Vorschein kam, war mir klar, warum Paula kein Interesse an ihrem Geschenk hatte. Es gab keinerlei Leckerlis. Eine neue Unterlage und zwei neue Näpfe mit ihrem Namen. Ohne Leckerlis geht es bei uns Hunden nicht. Oh war ich froh, dass es bei uns zuhause anders zuging.

Mit Paula konnte ich echt toll spielen. Eine, mit der ich toben konnte, ohne Ende. Unsere Menschen wunderten sich, dass wir keine Pause brauchten. Wir haben die ganze Zeit ohne Ende herumgetobt.

Ich habe nicht umsonst den Ruf weg, ein Wirbelwind zu sein. Hier begann eine schöne Malti-Freundschaft. Penny mochte nicht mitspielen. Sie war auf dem Arm von unserem Frauchen und hatte sich das alles angesehen. Sie brauchte den Schutz, ich weiß nicht warum. Erst später traute sie sich zu uns. Wir waren Penny zu wild. Sie hielt sich am Rand des Geschehens auf. Sie musste uns auf jeden Fall beobachten können, das war ihr sehr wichtig.

Geschichten aus einer anderen Welt

Penny hat mir aus ihrem Leben erzählt. Es waren Geschichten aus der Zeit, bevor sie nach Deutschland kam. Ich lauschte ihren Erzählungen so gerne und war dann mucksmäuschenstill. Sie erzählte mir, was sie mit Frauchen und Herrchen in den USA erlebte. Die Geschichten von Penny fand ich immer sehr spannend.

Sie erzählte mir, dass es ein Land war, wo immer Sommer ist. Und das sie auf Frauchen und Herrchen aufpasste, weil die beiden sie liebten und Penny liebte ihre Menschen so sehr. Sie fand ein Zuhause, wo es ihr richtig gut ging. Das ließ sie sich nicht zerstören. Jetzt bin ich auch für sie da.

Da war zum Beispiel die Geschichte mit dem Monster im Garten. Penny erzählte mir:

„Frauchen und Herrchen hatten ein großes Grundstück, das komplett eingezäunt war. Ich war ohne Leine im Garten. Das Haus stand in der Mitte von dem Grundstück. Wir konnten schön um das Haus herum laufen. Rechts und links hatten wir jeweils 30m zum Grundstücksende, zur Straße waren es mehr als 50m und zum hinteren Zaun 100m.

Eines Tages, es war der letzte Gassigang des Tages. Die Uhr zeigte 23 Uhr, ich sah etwas huschen, als die Haustür aufging. Und ich sah dieses kleine Monster. Noch nie zuvor hatte ich solch ein Tier gesehen. Ich schlug sofort an und jagte es. Ich hatte vor niemanden Angst, nicht vor diesem kleinen Monster. Im ersten Moment checkte ich gleich aus, es musste kleiner sein, als ich es war.

Es ist unter das Auto gelaufen, ich hinterher. Furchtbar aufgeregt waren Frauchen und Herrchen hinter mir her, weil sie Angst um mich hatten. In Florida gibt es viele gefährliche und vor allem giftige Tiere. Ich hatte die Lage voll im Griff. Ich bellte wie verrückt, das Tier rührte sich nicht von der Stelle. Es sah aus wie eine Kugel, ich wolle gerade zuschnappen, da merkte ich, dass mich Herrchen hochnahm. Nein, bitte nicht, meine Aufgabe als Wachhund war, das Monster zu erwischen. Jetzt war ich total aufgeregt, weil Herrchen mich daran hinderte, meinen Job zu verrichten. Er drücke mich Frauchen in den Arm, weil er eine Taschenlampe holen ging. Er sah sich das Monster an, das ich aufgespürt hatte. Ich zappelte, damit Frauchen mich runter ließ und ich das

Monster erlegen konnte, bevor es angriff. Herrchen sagte: „Das ist ein Gürteltier." Und er sagte, dass es mir unmöglich wäre, es mit meinen sechs Zähnchen, zu knacken. Ein Gürteltier sieht aus, wie ein Tier aus lang vergangener Zeit. Gürteltiere haben einen Panzer. Es gibt wenige Tiere, die fähig sind, diese Kugel zu knacken. Denkbar wäre ein Puma. Pumas waren in Florida beheimatet. Frauchen informierte sich später über das Gürteltier. Sie erzählte uns:

„Wenn für Gürteltiere Gefahr in Verzug ist, rollen sie sich in ihrem Panzer ein, wie eine Kugel und bewegen sich nicht mehr, bis die Gefahr vorüber ist. Das können nur Kugelgürteltiere. Die Schnauze und der Schwanz passen perfekt zusammen, damit sie geschützt sind. Gürteltiere sind abenteuerlustig. Ihre Nase ist fein und sie schnüffeln gerne."

Gegen mich hätten die Gürteltiere keine Chance, wenn sie mich gelassen hätten – glaubte ich, sagte Penny.

Gebannt hörte ich Penny weiter zu: „Ich schaute ab diesem Zeitpunkt zuerst unter das Auto, wenn ich raus kam." Herrchen erklärte uns: „In Florida heißen die Gürteltiere Armadillo, das kommt aus dem spanischen und bedeutet „Gepanzerte." Unser kleines Monster war circa 30cm lang. Sie fressen Insekten, somit sind sie gut für den Garten, obwohl sie tiefe Löcher graben. Gürteltiere sind nachtaktiv. Man kann sie nicht einfach verjagen, unsere Nachbarn hatten alles versucht, ohne Erfolg. Erst wenn die Menschen ihnen ständig die Löcher schließen, die sie graben, haben sie keine Lust mehr und suchen sich einen anderen Garten. Und Herrchen war damit beschäftigt, die Löcher von ihm zu schließen. Wenn Menschen in ein solches Loch hinein treten und umknicken, können sie sich verletzten. Im Gras hatten wir die Löcher nicht gut gesehen, da wir einen gröberen Rasen hatten. Der Rasen verdeckte schnell die Löcher. Da das Gürteltier ein paar Wochen bei uns im Garten war, gaben wir ihm den Namen „Eduard."

Boah, das war eine gruselige Geschichte fand ich. Nach und nach erfuhr ich Geschichten von Penny. Sie konnte schön spannend erzählen und sie unterlegte es mit bestimmten Lauten. Das gab der Sache die nötige Dramatik. Unsere Menschen wunderten sich, wenn Penny und ich zusammenhockten, nein wir schliefen nicht. Das war meine Märchenstunde bei Penny. Ich bekam nicht genug davon und freute mich, wenn sie mir ihre Storys erzählte.

Frauchen erzählte mir, dass das Gürteltier offizielles Maskottchen bei der WM 2014 ist. Kein Wunder, dass Deutschland die WM gewonnen hatte, bei so einem Maskottchen.

Penny erzählte mir: „Herrchen und Frauchen waren bestrebt, Tiere zu retten." Eines Tages fanden wir im Garten eine große Schildkröte. Sie hatte einen Umfang von ca 50cm. Wir wussten nicht, wo sie herkam, in unserer Gegend gab es weit und breit keinen See. Wo wir wohnten, gab es große freie Grundstücke. Die Schildkröte musste also schon sehr lange unterwegs gewesen sein. Seen gab es in den Siedlungen, die die Gemeinde neu anlegte.

Herrchen musste eine extragroße Kiste holen, um die Schildkröte zu transportieren. Sie passte gerade in diese große Kiste hinein. Die Schildkröte war ruhig, hatte keinen Mucks gesagt. Sie hatte bestimmt Angst, was wir mit ihr vorhatten. Nein eine Schildkrötensuppe, plante Frauchen nicht zu kochen. Sie standen auch nicht auf meinen Speiseplan. Wir sind mit ihr in eine der Gemeinden gefahren und Herrchen hat sie an einem großen See ausgesetzt. Da war die Schildkröte froh, als sie das Wasser sah. Schnell lief sie in den See und war nach kurzer Zeit verschwunden.

Die Seen waren schön angelegt, zwischen den Grundstücken. Gut, das Herrchen aufpasste, dass es keine Schnappschildkröte war, die konnten einen Menschen arg wehtun, wenn sie beißen. Er sagte, eine Schnappschildkröte hätte er nicht getragen, da hätte er Hilfe geholt. Schnappschildkröten haben einen langen Hals und können nach hinten beißen. Dass hatten wir an einem anderen See gesehen. Der Arm des Golfplatzbetreibers hatte stark geblutet. In den USA sind alle Tiere größer als hier in Deutschland, außer wir Malteser. Wir sind teilweise kleiner und haben eine kürzere Schnauze.

Ich sah vom Fenster unseres Autos, als Herrchen an der Tankstelle hielt, einen Anhänger mit einem großen Tier darauf. Frauchen sagte, es ist ein Alligator. Da Herrchen direkt hinter dem Anhänger stand, war er gut zu sehen. Ich hatte den perfekten Platz, auf Frauchens Schoss. Ich bellte ihn an, um zu sehen, was er sagt, er konnte nichts sagen, weil sein Maul mit einem Klebestreifen umwickelt war. Der Gator Trapper, wie diese Leute heißen, band ihn auf dem Hänger fest. Der Alligator bewegte seinen Schwanz, das war gefährlich, wenn Menschen ihm zu Nahe kamen. „Dieser Alligator hatte circa 3m länge", sagte Herrchen. Alligatoren leben in den Seen der Gemeinden. Baden war für Menschen dort nicht ratsam. Den Haustieren war dann anzuraten, im Haus zu bleiben. In den Gemeinden mit den Seen gab es keine Zäune um die Grundstücke. Das sah schön aus, war aber nicht ohne Gefahren, wenn sich Alligatoren bei der Suche nach ihren Liebsten verirrten. Von April bis Juli ist ihre Paarungszeit. Logisch, dass sie sich nicht von Menschen stören lassen wollten. Herrchen unterhielt sich mit einem Gator Trapper, er erzählte, dass sie pro Jahr circa 14.000 Alligatoren aus den Seen in Florida holen. Er warnte die Hausbesitzer, in dieser Zeit besser aufzupassen. Es gibt in Florida eine Alligator-Hotline, dort haben die Leute die Möglichkeit anzurufen, wenn sich ein liebestoller Alligator in ihrem Pool verlaufen hatte. Durch den hohen Rand kamen die Alligatoren von alleine nicht aus den Swimmingpools heraus.

Wenn die Alligatoren zu groß wurden, holte der Gator Trapper sie aus den Seen. Die kleineren tun den Leuten nichts. Einige müssen sie leider töten, andere kommen auf die Alligator-Farmen, oder in die Everglades

Penny erzählte weiter: „Ich hatte niemanden gesehen, der in einen See baden ging. Es gab Arbeiter, die an den Docks arbeiteten, sie standen im Wasser. Ich konnte mir nicht vorstellen, dass die Gummihosen, die sie trugen, vor einem Biss von einem Alligator sie schützten. Auf der anderen Seite greifen die Alligatoren erst an, wenn sie sich bedroht fühlen. Es gab große und kleinere Seen. Die Hunde durften nicht mehr in den Garten, solange der Alligator in der Nähe war."

Penny fragte mich, ob ich schon einmal eine Gartenschlange mit einem kleinen Vogel gesehen hatte? Oh nein, das hatte ich nicht, und Penny erzählte mir:

„Wir waren auf dem Weg in den Garten, als wir von der Terrassentür sahen, wie ein kleiner blauer Vogel (Bluebird) eine lange schwarze Schlange (Rather Snake) in die Schwanzspitze pickte. Wir staunten nicht schlecht, als wir sahen, wie schnell sich die Schlange fortbewegen konnte. Und der kleine blaue Vogel hinterher. Er pickte der Schlange immer wieder in den Schwanz. Wir sahen den Beiden lange nach, bis sie in Nachbars Garten verschwanden. Unermüdlich hat der kleine Vogel die Schlange attackiert. Eine Rather Snake ist eine Gartenschlange und nicht giftig. Frauchen stellte die Überlegung an, dass der Bluebird dies tat, um die Schlange von seinen Jungen zu vertreiben. Schlangen fressen die Eier von den Vögeln und die Vögel selbst.

Sehr interessiert hörte ich zu, wenn Penny mir von ihrem Leben in Florida erzählte. Das war für sie ein schönes Leben. Das wäre doch toll gewesen, wenn ich auch in Florida geboren wäre und schon dort mit Penny durch die Lande ziehen konnte. In dem großen Garten hätten wir so viel Spaß zusammenhaben können. Und Nachbars Hunde hätten bei uns beiden nichts zu lachen. Wir waren auch hier gute Wachhunde. Penny erzählte mir, dass spät abends dort ein ganzes Rudel Hunde die Straße entlang lief. Sie sind alle aus den Gärten gekommen.

Herrchen und Frauchen haben Penny nie mitgehen lassen. Das war wohl auch besser so, denn einige sahen schon sehr gefährlich aus, wie mir Penny erzählte. Sie sah, dass ein Hund in Nachbars Garten lief und ein paar Hühner totgebissen hatte. Sie haben sie nicht gefressen oder mitgenommen, nur getötet. Frauchen konnte sich nicht erklären, warum sie es taten. Dieser Nachbar hatte kein Tor. Herrchen machte sein Tor abends immer zu.

Er erklärte uns, dass man in den USA die Leute erschießen darf, die auf Grundstücke kamen, wo sie nicht drauf durften. Das war ganz legal. Herrchen und Frauchen konnten das nicht verstehen. Aus diesem Grund ist die Post in keine Grundstücke rein gefahren, sie blieben am Tor stehen und warteten. Das ist ganz schön brutal.

Das Monster im Keller

Eines Tages musste Frauchen in den berüchtigten Keller. Sie ging nicht gerne alleine runter und deshalb kam Herrchen mit. Ich drängelte, damit sie mich mitnahmen. Das war meine Chance, zu erfahren, was sich da untern verbarg. Ich war neugierig. Frauchen hatte Angst, dass ich die Treppe hinunter fallen könnte, sie nahm mich auf den Arm. Penny kannte das und blieb oben an dem Treppengeländer liegen und wartete, bis wir wieder zurück kamen.

So etwas hatte ich noch nie gesehen. Es war ein altes Gemäuer und es roch feucht. Der Boden war nicht gerade, es waren Dellen drin, und an der Wand sah ich große Steine mit einigen Mauereinlässen. Viele Gänge waren verzweigt. Frauchen wusste nicht, wozu die gut waren. Denkbar wäre, dass die Menschen früher ihre Lebensmittel hier unten lagerten, da es kühl war. Einen Kühlschrank gab es zu dieser Zeit nicht. Frauchen sagte: „Es waren Gläser mit eingemachtem Essen."

Hier war nur zum Teil verputzt, erklärte Herrchen. Überall wo ein Rest vom Putz war, bröckelte er herunter. Herrchen und Frauchen mussten aufpassen, dass sie nicht an die Wände kamen, weil bei Berührung der Putz herunterkam und das in großen Brokken. Manche Wände hatten keinen Putz mehr. Ich krallte mich an Frauchen fest und dachte: „Lass mich bitte nicht hier runter." Da würde ich lautstark protestieren. Auf dem Arm von Frauchen fühlte ich mich geborgen, sie würde mir helfen, wenn etwas passieren sollte. Ob es hier unten Monster gibt, fragte ich mich. Solche, von denen mir Penny berichtet hatte?

Auf einmal schrie Frauchen auf und sie ging sofort zurück zur Treppe. Herrchen kam sofort zu uns und ich schaute Frauchen an. Was war passiert? Und da zeigte Frauchen auf die eine Wand. Da war das Monster, ich habe es mir gedacht. Das erzähle ich gleich Penny, wenn ich hochkomme. Penny hatte die Wahrheit gesagt, in diesem Haus gab es Monster. Eine dicke fette Spinne krabbelte die Wand entlang.

Was ich zu diesem Zeitpunkt nicht wusste, dass Frauchen sich vor Spinnen fürchtete. Todesmutig hatte Herrchen die Spinne in den Spinnenhimmel befördert. Ich wusste es von Anfang an, Herrchen war mein Held. Allmählich traute sich Frauchen in die Kellergänge zurück. Seitdem zusammentreffen mit dem Monster, war Frauchen schreckhaft hier unten. Ich versuchte, sie zu trösten, schmiegte mein Köpfchen an ihren Körper. Nein, Angst hatte ich keine mehr, das Monster hat mein Held Herrchen beseitigt. Frauchen schaute alle Wände ab.

Die Decken waren niedrig. Mein Herrchen ist kein Riese, er musste sich bücken, um durch die Türen zu kommen. Es gab kleine Gänge mit knarrenden Türen. Manche hat Frauchen nicht aufbekommen, da sie schwergängig waren.

Herrchen erklärte: „So stellte er sich die alten Schlösser vor mit ihren unterirdischen Gängen. Die waren nur viel größer als unser Keller hier." Das hier reichte mir. Wir kamen in den Heizungskeller, wo die Waschmaschine stand. Dort leerte Frauchen die Waschmaschine. Ich schaute mein Frauchen an, ich hatte Sehnsucht nach Penny, nachdem was ich hier alles erlebte. Der Rundgang war bald beendet.

Ich hörte Herrchen später sagen, dass dieses Haus über 100 Jahre alt ist. Davon gab es in der Gegend viele Häuser. Jetzt war ich nicht mehr neugierig, wohin diese Treppe führt. Freiwillig gehe ich nicht mehr mit, obwohl, mit meinem Herrchen wäre es zu überlegen.

Penny konnte es nicht abwarten, bis wir hochkamen, sie war froh, dass ich nicht unten bleiben musste. Ich hatte ihr sofort alles berichtet, was ich im Keller alles erlebte.

Der alltägliche Wahnsinn mit mir

Warum wollen Menschen uns ständig fotografieren? Wir fanden das echt blöd. Wir waren gekämmt und saßen noch auf der Waschmaschine. Frauchen sagte zu mir: „Ich setze euch erst herunter, wenn die Fotos fertig sind, sonst bist du wieder verwuschelt." Penny beugte sich zu mir runter und raunte mir zu: „Halte durch, sie sind bald fertig." Sie kannte das Prozedere.

Die Gassi-Gänge wurden besser. Wir gingen jetzt einen anderen Weg, wo es viel mehr Grünflächen gab. Das war meine Welt, hier konnte ich toben, das gefiel mir. Wir liefen zu einem großen Feld, am Rand war eine Wiese. Hier trafen wir viele Hunde. Penny passte auf, dass mir kein Hund zu nahe kam. Jetzt hat sie auf mich aufgepasst.

Da ich an einer Flexileine festgebunden war, hatte ich einige Freiheiten. Mit dem Geschirr ging es Penny viel besser. Penny hatte Probleme mit dem Rückwärtsniesen, ihr Halsband hatte das verstärkt, darum bekamen wir ein jede ein Geschirr und kein Halsband mehr. Ich war immer sehr neugierig, und wollte überall ganz schnell hin, wenn ich etwas interessantes sah. Also zog ich an der Leine. Das bekam mir viel besser mit einem Geschirr. Ich brauchte nicht mehr zu hecheln. Im Training lernte ich, Frauchen nicht hinter mir herzuziehen. Dieses Geschirr hat Frauchen in der Schweiz für uns auf Maß anfertigen lassen.

Zuhause angekommen hatten wir jede Menge Spaß. Ich hatte meine eigene Methode bei Herrchen und Frauchen, auf mich aufmerksam zu machen. Obwohl ich sie ohnehin hatte. Wenn sie zusammen auf dem Sofa saßen, kletterte ich auf die Kissen, von dort auf die Sofalehne und lief zu Herrchen und Frauchen. Ich ließ mich mit dem Po zuerst zwischen den Beiden herunter plumpsen und juchzte dabei. Das war fast wie eine Rutschbahn. Ich schaute sie an und signalisierte ihnen: „Jetzt habt ihr mich und braucht nicht mehr nebeneinander zusitzen. Spielt lieber mit mir." Die Lacher hatte ich auf meiner Seite.

Wo ich konnte, habe ich mich zwischen die Beiden gedrängt. Ich schaute ihnen tief in die Augen, meinen Liebreiz konnten sie nicht widerstehen und das ist bis heute geblieben. Penny stupste sie mit der Schnauze an und schon bekam sie ihre Aufmerksamkeit. Ich fand meine Methode lustiger. Ich bin ein absoluter Frauchen-Hund. Das sagen alle, die mich kennen. Ich mochte das Gleiche, wie mein Frauchen. Es war total lustig, unseren Menschen zuzuhören. Frauchen versuchte mir Quark anbieten und Herrchen sagte: „Tinka mag das nicht, kein Mensch mag Quark, nur du." Darüber machte er seine Witze, dass man den Quark benutzt, um Löcher in der Wand zu schließen. Frauchen sagte zu uns: „Testet es aus und entscheidet, ob es euch schmeckt oder nicht." Das war eine gute Entscheidung, und der Quark schmeckte mir, und den Kochkäse finde ich sehr lecker.

Herrchen sagte: „Weiber", alle mussten Lachen. Penny war viel wählerischer. Ich liebe Käse über alles, Penny nahm nur eine bestimmte Sorte Käse an. Penny mochte leidenschaftlich gerne Pommes frites und die mochte ich nicht. Herrchen erzählte uns, dass sie in Florida die Pommes frites wegen Penny immer salzlos bestellten. Für Menschen musste das grausam geschmeckt haben. Herrchen sagte: „Wie eingeschlafene Füße."

Penny mochte Nudeln, ich ließ sie liegen. Frauchen mutmaßte, dass Penny bevor sie zu Frauchen und Herrchen kam, viel Fast Food bekam. Ich habe von diesen Dingen keine Ahnung. Herrchen sagte noch, dass Penny das Softeis vom großen gelben M, das an jeder Straßenecke zu finden war, total liebte. Sie bekam wenig davon zu fressen. Sie war ganz wild darauf.

Eines Tages brachte der Postbote ein Paket. Um es vorwegzusagen, alles, was hier ankommt, musste ich erst untersuchen. Vorher gebe ich keine Ruhe. Als mein Frauchen das Paket öffnete, kam ein braunbeige's Teil zum Vorschein. Es war viel größer als ich, und viereckig. Frauchen stellte es in die Mitte vom Wohnzimmer. Ich habe es sofort untersucht. Es hat sich weich angefühlt. Auf der einen Seite war eine runde Öffnung. Unten war es braun und oben beige. Ich versuchte es, wegzuziehen. Das hat gut funktioniert.

Mein Frauchen staunte nicht schlecht, was ich kleine Maus alles verschieben konnte. Auf dem Laminat war es nicht schwer für mich. Was mache ich mit dem braunen Teil alles, fragte ich mich? Frauchen sagte: „Dass ist deine neue Höhle." Hmmm Höhle, was ist das? Mutig, wie ich war, bin ich in die Öffnung der Höhle hineingegangen. Es passierte nichts. Ich habe innen aufgeräumt. Raus, rein, das hat Spaß gemacht. Penny schaute mich ungläubig an. Sie kam, um sich die Höhle anzuschauen. Sie fand sie nicht interessant.

Die Höhle gefiel mir. Frauchen zeigte mir, wenn sie die Höhle oben herunterdrückt, fällt sie zusammen und sie wird zu einem Körbchen. Na das brauchte sie mir nicht zwei Mal zeigen. Ich bin aufs Sofa, mittlerweile kam ich über die Hundetreppe hinauf, und ich bin vom Sofa auf meine Höhle gesprungen. Das hat viel Spaß gemacht. Ich merkte, dass mich Penny nicht aus den Augen ließ. Sie mochte nicht auf meine Höhle springen. Frauchen passte auf, dass ich die Höhle traf und nicht den Boden, das hätte mir wehgetan.

Am nächsten Morgen traute ich meinen Augen nicht. Im Wohnzimmer stand das kleine Prinzessinnen-Hundesofa nah bei meiner Höhle. Als ich von meinem Morgenrundgang durch die Wohnung ins Wohnzimmer kam, sah ich, dass Penny auf meiner Höhle lag. „Hey Penny, du drückst sie komplett ein, komm lass uns lieber spielen." Erst alles ablehnen und heimlich benutzen, das war meine Penny. Sie inspizierte meine Höhle von innen, als Frauchen die Höhle aufrichtete.

Es ist Herbst geworden. Frauchen und Herrchen fuhren mit uns in einem Park. Eine grüne Wiese mit Bäumen, wohin das Auge schaut. Die ersten Blätter fielen, ach was hatte ich einen Spaß mit ihnen. Ich habe ein buntes Blatt aufgehoben und nach ein Paar Schritten fallen gelassen, weil ich ein viel schöneres Blatt gefunden hatte. Es war schön warm und die Sonne schien. Das war toll, ich liebe das Sonnenbaden. Penny mochte das sowieso. Wir beide hielten überall gemeinsam Wache. Die Leute, die wir trafen, waren entzückt, weil ich ein kleines Girl war. Es waren herrliche Tage.

Alle nannten mich Kobold, dem musste ich Rechnung tragen. Und ich liess nichts aus, was Spaß macht. Und dazugehörte das Bettdeckenfangen. Das machte mir höllischen Spaß. Da bekamme ich nicht genug davon. Frauchen schüttelt die Bettdecke auf und ich versuche, sie im Flug zu fangen. Ich gab die entsprechende Laute von mir. Das Bettdeckenfangen klappte nicht immer, weil ich zu klein war. Wenn ich die Decke erwischte, zerrte ich einen Zipfel hin und her. Ich hatte viel Spaß.

Durch nichts ließ ich mich ablenken. Frauchen versuchte es, indem sie mich auf dem Boden setzte. Ich war über die Hundetreppe blitzschnell wieder im Bett. Wir hatten überall eine Hundetreppe, wo es nötig war. Frauchen rief Herrchen, damit er mich hält, bis sie das Bett gemacht hat. Das fand ich furchtbar gemein. Ich achtete darauf, dass Frauchen nur am Tage die Bettdecken aufschüttelt, da war Herrchen auf der Arbeit und nicht als Helfer zur Stelle. Ich war geschickt, ich ging auf das Bett, bellte bis Frauchen kam und ich tat, als ob ich mit ihr spielte. Ich war mir sicher, dass Frauchen dachte, da schüttle ich gleich das Bett mit auf, und ich hatte meinen Erfolg. Das bringt viel mehr Spaß. Manchmal schaffte ich es, dass Frauchen aufgab und meinte: „Mit dir hat das keinen Sinn!"

Im Oktober 2010 war Frau Holle fleißig mit den Betten aufschütteln. Der Schnee kam früh, sinnierten Frauchen und Herrchen. Der Herbst war sehr kurz. Mein Frauchen hat mir ein Mäntelchen gekauft. Oh, das mochte ich nicht. Gut, dass ich klein und flink war. Ich war mit meinen Pfötchen schneller draußen, als Frauchen die Druckknöpfe am Bauch schließen konnte. Nach dem vierten Versuch hat Frauchen aufgegeben. Nee dass mochte ich nicht. Mein Frauchen hatte es toll gefallen. Das Mäntelchen hatte eine Kapuze mit Pelzbesatz und allen Schnickschnack, kleine Tasche auf dem Rükken. Wozu ist die gut, da komme ich nicht ran? Mein Fall war es nicht. Frauchen sagte:

„Du brauchst ein warmes Mäntelchen!" Die Züchterin hatte mir einen Strickpulli in Schwarz/Pink geschickt. Diesen Pulli habe ich erst recht nicht gemocht. Der war viel schlimmer, als das Mäntelchen. Dieser Strickpulli gefiel meinem Frauchen auch nicht. Wir haben ihn anprobiert und gleich ausgezogen. Und er war mir viel zu groß.

Ein paar Tage später fuhren wir in ein Einkaufzentrum. Oh, war das aufregend. Ich war noch in keinem Einkaufzentrum zuvor. Da waren viele Leute, die an uns vorbei gingen. Viele blieben stehen, wenn sie mich sahen. Ich war noch sehr klein. Penny hatte das mehr mit Argwohn aufgenommen. Es ging in eine Zoohandlung und dort fand mein Frauchen ein passendes Mäntelchen für mich. Das hatte ich mir freiwillig anziehen lassen. Toll fand ich, dass Penny das Gleiche bekommen hatte, in der gleichen orangen Neonfarbe. Unsere Mäntelchen hatten weiße Streifen, die auch nachts leuchteten.

Penny erzählte mir, dass wir froh sein konnten, dass wir in die Geschäfte durften. In Florida ist das generell verboten. In keinem Baumarkt durften kleine Hunde mit hinein. Das fand Penny hier in Deutschland richtig gut. In Lebensmittelgeschäften sind generell keine Tiere erlaubt, außer Service-hunde, wie Blindenhunde. Im Restaurant sind hier Hunde erlaubt, da hatte Penny gestaunt.

In der kommenden Nacht hatte es viel geschneit. Wir sind gleich am nächsten Morgen mit den neuen Mäntelchen hinter das Haus zum Pipi machen gegangen. Ich fand den Schnee toll. Ich bin gleich in den Tiefschnee gesprungen. Gut, das mein Frauchen mich an der Leine hatte, sie hätte mich nicht mehr gefunden. Das wäre schade um mich. Penny mochte den Schnee nicht. „Schau Penny, was das für einen Spaß macht, rief ich ihr zu, als ich in den tiefen Schneehaufen sprang!" Penny suchte ihre grüne Wiese, die war nicht mehr da. Alles war unter dicken Schneebergen versteckt.

Frauchen erzählte, dass Penny den Schnee nicht kennt. In Florida gab es keinen Schnee. Das Doofe am Schnee war, dass wir richtige Schneeklumpen im Fell und an den Pfoten hatten und die waren kalt. Brrrrrr. Wenn wir in die Wohnung kamen, stellte Frauchen unsere Pfoten in warmes Wasser, damit die dicken Schneeklumpen auftauten. Das war angenehm warm und der Fön kam zum Einsatz. Danach ging es ab ins Wohnzimmer zum Kuscheln.

Da Frauchen und Herrchen lange in den USA lebten, sind sie total verrückt auf die Halloween-Feste. Das ist ein Herbstfest in der Nacht vom 30. Oktober zum 01. November. O Graus, sie haben mir ein Kostüm mitgebracht. Frauchen dachte, ein Bienchen-Kostüm könnte mir gefallen. Oh nein, ich mochte kein Kostüm. Mit Mühe und Not haben sie es mir angezogen. Ich bin zierlich und klein, das Kostüm war viel zu eng. Gut, dass ihr das nicht sehen müsst. Ich fand, ich sah wie eine Wurst aus. Ich setze das flehenste Gesicht auf, das ihr euch denken könnt. Und da Frauchen mich lieb hat, brauchte ich nichts anbehalten, was ich nicht mochte. Sie zog es mir schnell aus und hat mich getröstet. Ach was habe ich mich gefreut. Ich leckte ihr gleich die Hand. Die Sache mit den Kostümen war ab da vom Tisch. Ich wette, Penny hat gegrinst, als sie mich sah. Sie brauchte kein so schlimmes Kostüm anzuziehen.

Zur Halloweenfeier hat Frauchen viele Bonbons gekauft. Sie sagte, die seien für die Kinder, die klingeln und „Süßes oder Saures" rufen. Entweder Bonbons her oder wir machen einen Schabernack. Wenn ich mir das überlege, dass mit dem Schabernack gefällt mir. Ich suche mir einen Weg, dass ich da einmal mitlaufen darf. Da hätte ich viele Leckerlis nur für mich. Warum gibt es kein Halloween für Hunde? Bitte ohne Kostüm für mich. Viele Kinder kamen in Kostümen verkleidet und hatten große Tüten, wo die vielen Bonbons rein kamen. Frauchen gefielen die kleinen Mädchen, die als Prinzessin verkleidet kamen. Ich habe bei jedem Klingeln angeschlagen. Frauchen nahm mich auf dem Arm, und ich konnte mir die Kinder anschauen.

In Deutschland ist es zum 01. November kalt. Frauchen kennt es aus Florida, wo es warm ist. Sie hat uns erzählt, dass dort erwachsene Menschen in Schweinchenkostümen mit den Kindern laufen. Frauchen lachte, als die das erzählte, weil sie sich nicht vorstellen konnte, wie das die Menschen dort wegen der Hitze in einem aufgeplusterten Kostüm ausgehalten hatten. Viele kommen da in kurzen Hosen. Dort ist es im November abends noch 30°C warm.

Herrchen erzählte, dass sie in Florida in der Garage Halloween feierten. Die Garage räumte Herrchen aus und dekorierte alles gruselig. Viele Leute kamen und riefen Trick or Treat. Das ist das Gleiche, wie Süßes oder Saures, hier bei uns. Frauchen erzählte, dass Herrchen bei einem Halloweenfest eine Guillotine aus Holz baute, die richtig funktionierte. Das Fallbeil war aus Holz und war silber angemalt. Wo das Fallbeil unten auf das Holz aufschlug, malte Herrchen mit roter Farbe Blutspritzer auf das Holz, damit alles schön echt aussah. Über eine Schur konnte Herrchen, ohne dass es die Leute bemerkten, das Fallbeil herunter sausen lassen. Das machte viel Krach. Die Kinder und die Erwachsenen hatten sich erschrocken. Sie fanden die Idee gut. Manche Kinder sind stehen geblieben, weil es sie interessierte, wie das funktionierte.

Herrchen ist ein Perfektionist, da musste alles bis ins kleinste Detail stimmen. Vor allem brauchte Herrchen nicht viel Zeit um solche Dinge zu bauen. Für die Guillotine hatte er zehn Minuten Bauzeit gebraucht. Er hat die Ideen alle im Kopf. Da staunte auch Frauchen nicht schlecht. Sie hatte große Hexen aus Holz gebastelt, und sie trieben in der Garage ihr Unwesen. Für die Decke hatten sie kleine fliegende Hexen gekauft. Sie flogen im Kreis. Das hat den Leuten gut gefallen. Alles passte perfekt zusammen. Im Garten bauten sie ein Friedhof. Die Grabsteine hat Frauchen gebastelt. An dem größten Grabstein lehnte ein Geripp mit einer Bierflasche in der Hand. Davor war ein kleiner Zaun. Alles sah echt aus.

Herrchen hatte in der anderen Ecke der Garage eine große Hexe gebaut, die in ihrem Topf umrührte. Die Hexe war 2m groß. Sie bekam einen Pulli, Rock und Umhang von Frauchen angezogen. Hexenhut und Maske kaufte Frauchen. Dass sie in ihrem Hexentopf umrühren konnte, das hat ein Motor betrieben. Unter dem Topf flackerte das künstliche Feuer und er rauchte leicht. Das hat Herrchen mit einer Nebelmaschine betrieben. Und es lagen Totenschädel auf den Boden herum. An den Wänden waren gruselige Bilder in Übergröße. In Florida gab es viele Geschäfte, wo Herrchen und Frauchen das alles kaufen konnte. Sie kauften wenige Sachen, und das andere stellten sie in der Garage selbst her.

Es gab Leute, die fragten, ob sie sich neben die große Hexe stellen durften, um sich mit ihr fotografieren zu lassen. Das war kein Problem. Herrchen erzählte, dass die Nachbarn im Sommer fragten, was für ein Motto sich Frauchen und Herrchen für das nächste Halloween ausgedacht hätten. Die Ideen gingen Frauchen und Herrchen nicht aus. Sie hatten den Ruf weg, dass die Deutschen die Feste zu feiern verstanden. Ich freue mich tierisch, dass ich solche abgefahrenen Menschen mein eigen nennen darf. Bei uns wird es nicht langweilig.

Freunde von Herrchen und Frauchen erzählten mir, dass sie vor ihrer Auswande-
rung in die USA, in Deutschland mit dem
Karneval früher verrückt waren. Dass Herrchen Büttenreden über die Gäste der Party
schrieb und Frauchen mit einer Freundin
einen Abend vorher die Cocktails testeten.
Das Gelächter und Gekichere konnte Herrchen sich vorstellen und hören. Und er
musste nüchtern bleiben und seine Büttenreden schreiben. Hier gibt es viel zu lachen.
Hier bin ich richtig gelandet.

Es war an der Zeit, an die Weihnachtskarten zu denken, damit Frauchen sie rechtzeitig von der Druckerei bekam. Wir sollten
mit einer Weihnachtsmütze Bilder von uns
machen lassen. Wie ihr wisst, mochten weder Penny noch ich solche Mützen, egal in
was für einer Form. Keine Mütze hielt länger
als drei Sekunden. Frauchen war verzwei-
felt. Es gibt Hunde, die mit sich alles machen lassen, sie ziehen alles an. Wir gehören
definitiv nicht dazu. Wir hatten uns nach
langem Bitten und vielen Leckerlis dazu
überreden lassen, ein paar Bilder mit Weihnachtsmütze und Schal machen zu lassen.
Mir durften sie die Mütze auf den Kopf legen, nicht anziehen. Frauchen war glücklich,
dass es geklappt hatte und die Bilder ver-
wertbar waren. Als die Weihnachtskarten

von der Druckerei kamen, waren sie perfekt. Kein Wunder, Penny und ich waren der Blickfang und wunderschön.

Reise in die Vergangenheit

Ende November sind wir meine Züchterin besuchen gefahren. Die dreistündige Autofahrt ging gut. Wir hatten auf dem Rücksitz auch eine Autoschutzdecke, Frauchen fand sie gut. Sie war an allen Seiten bis zur Oberkante der Rückenlehnen geschlossen. Wir konnten nicht in den Fußbereich fallen. Aus Sicherheitsgründen wurden wir mit unserem Geschirr an den Sicherheitsgurten befestigt. Wir hatten viel Spielraum, sodass wir aus dem Fenster rechts und links sehen konnten. Frauchen hatte uns schöne kuschelige Decken und Spielzeug rein gelegt. Mein geliebter kleiner Delfin durfte auch mitfahren. Was brauchte ein Hundeherz mehr? Wir hatten das Netz nicht, weil Penny durch das Netz ihren Kopf steckte und wir Angst hatten, dass sie sich bei einer Vollbremsung strangulieren könnte.

Bei der Züchterin traf ich meine Mama und mein Papa wieder. Wir haben uns sofort erkannt. Meine Geschwister waren bei ihren neuen Familien. Ich hoffe, dass sie es gut getroffen hatten, wie ich. Wir saßen dort im Wohnzimmer und der Yorkshire-Terrier Tobi hatte mich angeknurrt, ich habe ihn nicht geärgert, ehrlich. WOW, Penny hatte mich verteidigt. Sie knurrte zurück und fletschte die Zähne. Wir dachten, dass sie Tobi angreift. Sie war zum Sprung bereit. Ich war unheimlich stolz auf meine Penny. Auf diese Weise hatte ich meine Penny noch nie erlebt. War das diese zurückhaltende kleine Hündin, die alle „die Diva" nannten? Tobi bekam gleich einen Maulkorb um, und Ruhe war. Penny ließ ihn den ganzen Tag nicht mehr aus den Augen. Der Mann der Züchterin sagte, dass Tobi ein kräftigeres Gebiss hat, als ein Malteser. Es ist gut, wenn das vermeidbar ist, daher der Maulkorb. Nicht, dass er einen von uns verletzt. Es war für uns ein tolles Erlebnis, dass Penny für mich in die Bresche sprang. Frauchen und Herrchen hatten sich erschrocken, dass Penny mich derart verteidigte.

Da wussten wir alle, dass Penny ihre Mutterrolle zu mir mit allen Konsequenzen übernommen hatte. Meiner Mama hatte nichts dazu gesagt. Meinem Papa war es egal. Penny hatte auf mich aufgepasst. Bis wir nach Hause gefahren sind. Von diesem Moment an konnte uns nichts mehr trennen.

Später gingen wir in den Garten. Es lag Schnee, und die anderen Hunde waren total aufgedreht und wetzten ihre Runden. Ich sah es mir an, und bin mit gerannt. Aufpassen musste ich, dass mich die Meute nicht über den Haufen rannte. Mein Frauchen hat auf mich aufgepasst und mich nach einer Weile auf dem Arm genommen. Da war es schön warm. Sie hat mich in ihre Jacke eingekuschelt. Penny ist nicht mitgelaufen. Sie stand am Rand des Gartens, hatte nach mir geschaut und hat Tobi nicht aus den Augen gelassen. Mit der Meute zu heulen, ist absolut nicht Pennys Ding. Die Züchterin sagte, Penny sei eine Diva, weil sie anders war, als ihre eigenen Hunde. Das war sie und diesen Status hatte sie genossen. Ich konnte es ihr ansehen. Abends sind wir nach Hause gefahren und ich bin im Auto sofort eingeschlafen. Bei den vielen Erlebnissen war das kein Wunder. Penny kuschelte sich dicht an mich und wir haben die Heimfahrt verschlafen. Zuhause angekommen ging es auf die Wiese und ab ins Bett.

Schreckenstag

Mein Erstes Weihnachten kam und es machte mich neugierig. Die Menschen sind in dieser Zeit komisch. Herrchen holte viele Kisten hervor und Frauchen verteilte die bunten Figuren in der Wohnung. Es gab Spieluhren, Weihnachtsmänner, Schneemänner und kleine Häuser, die von innen beleuchtet waren. Bunte Lichterketten kamen an die Fenster. Engel gibt es hier viele. Sie stehen das ganze Jahr im Haus. Zwei besondere Engel waren Penny und ich.

Mein Herrchen bekam nicht genug davon. Er dekorierte alles, wo unser Frauchen nicht ran kam. Die beiden stehen voll auf Weihnachten. Ich kannte das nicht und es gab für mich vieles neue zu sehen. Alles, was auf dem Boden lag, betrachtete ich mir. Ich beschnüffelte und untersuchte alles. Ein großer Baum kam ins Wohnzimmer. Das kam mir sehr seltsam vor. Ich hatte bisher Bäume ausschließlich draußen gesehen. Wozu brauchten unsere Menschen Bäume im Wohnzimmer? Wenn ich mit der Nase an den Baum kam, hat er gepikst. Okay, nicht mehr dort schnuffeln gehen, dachte ich mir.

Und der Baum bekam von Frauchen viele bunte Kugeln und Figuren. Frauchen zeigte uns zwei besondere Kugeln, auf die sie stolz war. Es waren Bilder jeweils von Penny und mir darin. Sie bekamen einen Ehrenplatz am Baum, von dort konnten wir die Kugeln schön sehen. Lichterketten durften nicht fehlen. Zum Schluss bekam der Baum eine silberne Girlande. Oh, was sah der Baum schön aus. Er hatte ganz viele kleine Lichter. Einen geschmückten Baum hatte ich draußen noch nicht gesehen. Herrchen und Frauchen haben das Zeug aus den USA mitgebracht. Im Garten stellten sie drei Rentiere und einen Schneemann auf. Papa-Rentier konnte den Kopf bewegen. Er hatte einen Motor am Hals, den man nicht sah. Er konnte zu Mama-Rentier und dem Baby schauen. Auch sie waren beleuchtet. Unsere Menschen sind an Weihnachten noch fröhlicher, ob alle Menschen so sind? Penny erzählte mir, dass sie jedes Jahr solchen Zirkus veranstalten und anders drauf sind.

In dieser Wohnung hatten wir einen zusätzlichen Ofen zur Heizung, der Ofen machte das Wohnzimmer schnell angenehm warm und wir konnten das Feuer hinter einer Glastür sehen. Menschen scheinen darauf zu stehen. Sie erzählten von Gemütlichkeit und Romantik. Herrchen erklärte uns, dass ein Ofen kein Kamin ist. Ein Kamin wäre aber wichtig, weil die Weihnachtssocken aufgehängt werden müssen. Ich war gespannt, was es damit auf sich hatte. Herrchen hatte sich beholfen, da er keinen Kamin hatte wie in Florida, indem er ein Regal an die Wand anbrachte und dort hingen unsere Weihnachtssocken an schönen Sockenhaltern. Ich glaube, Herrchen hatte seinen Kamin von Florida vermisst.

Die Sockenhalter waren schwer. Sie mussten viele Leckereien halten. Jeder sah anders aus. Herrchen und Frauchen hatten einen mit einer Disney Figur. Herrchen hatte Goofy und Frauchen die Mini Maus. Penny ihrer sah aus wie ein Knochen und da war ein Bild von ihr drin. Und ich hatte einen mit Charly Brown von den Peanuts. Der Weihnachtssocken von mir sah toll aus. In der Mitte ist ein Haus zu sehen, mit einem coolen Spruch: „A home is not a home without a Dog." (ein Haus ist kein Zuhaus ohne einen Hund.)" und auf dem Haus ist ein Bild von mir drin. Diesen Socken hat Frauchen für mich aus Florida mitgebracht.

Der Socken von Penny sieht aus, wie ein Hund mit Schlappohren. Wir haben doch keine Schlappohren. Nein die Socken sind nicht zum Anziehen, darin bekommen brave

Kinder und Hunde schöne Leckereien, erklärte Frauchen uns. Für böse Kinder kommen Kohlen rein. Eines Tages waren die Socken prall gefüllt. Noch durften wir da nicht ran. Der Weihnachtsmann hat mir hoffentlich keine Kohlen rein getan? Ich war lieb.

Der Tag des Heiligen Abends kam und ich war aufgeregt, alles war anders als bisher. Es klingelte abends ein Glöckchen und unser Herrchen zeigte uns den Inhalt von unseren Socken. Da waren viele Leckereien drin. In meinem Socken war noch Spielzeug drin. Penny spielte mit nichts.

Da knurrte mich Penny böse an, sie dachte, dass alles ihr alleine gehört, sie war es gewohnt. „Hey Penny, ich bin auch noch da und spielen tust du nicht!" Herrchen versuchte, die Wogen zu glätten. Penny fand das nicht lustig, dass sie mit mir teilen musste. Sie hatte ihren eigenen Socken. Das verstand sie nicht und verzog sich schmollend auf das Sofa. Die Stimmung war gedrückt. Frauchen und Herrchen verstanden es gut, uns wieder zu versöhnen.

Es vergingen die Tage, Herrchen und Frauchen räumten die Weihnachts-Deko weg. Das verstehe ich echt nicht, warum schmücken die Menschen die Häuser, wenn sie die schönen bunten Sachen nach einer Zeit wegräumen?

Unsere Menschen dekorierten jetzt anders. Oh liebe Freunde, das war kein guter Tag für mich. Schon jetzt hörte ich einzelne Knaller. Das machte mir große Angst. Ich sah bunte Papierschlangen. Es kam eine Girlande mit der Aufschrift, „Happy New Year" an den Türbogen. Herrchen sagte, es war der Silvestertag. Das ist der letzte Tag des Jahres, um böse Geister zu vertreiben und es sei die Vorfreude aufs nächste Jahr. Aus diesem Grund gibt es Mitternacht ein Feuerwerk, und Glockengeläut. Es gibt seit 25 Jahren die Silvesterläufe. Warum tun das nicht alle Menschen. Die Menschen müssten die Tiere dann nicht so erschrecken. Emma, meine Freundin hat an diesem Tag auch viel Angst.

Ich habe solche Angst vor der Knallerei. Herrchen ging Mitternacht raus und Frauchen hat mich auf den Arm genommen. Und sie fing an, die fürchterliche Knallerei. Ich bin Frauchen fast vom Arm gesprungen, gut das sie mich gerade noch festhalten konnte. Sie setzte mich schnell auf den Boden. Ich rannte so schnell ich konnte weg. Es war zu laut, ich habe bunte Blitze und Sterne gesehen. Als Herrchen ins Haus kam, suchten sie mich, ich sagte keinen Pips. Ich hatte mich unter der Eckbank versteckt. Ich zitterte und hatte die totale Panik. Mein Herrchen hatte mich dort nach langem Suchen gefunden. Penny machte das nichts aus. Für mich absolut unverständlich. Sie hatte Spaß, sich das anzusehen. Nein, das ist nicht mein Ding. Das machen die Menschen jedes Jahr. Darum hatte Frauchen mich auf den Arm genommen, weil sie dachte, dass ich wie Penny Spaß daran hatte, das zu anzusehen. Es ging ein paar Stunden mit der Knallerei. Ich war froh, als es vorbei war.

Nach Silvester kam eine lange schneereiche Zeit. Meine Penny war darüber nicht glücklich. Sie suchte noch immer ihre Wiese, und sie litt darunter.

Im Februar war ich zum ersten Mal läufig. Ich wusste nicht, wie mir geschah. Die Hormone spielten total verrückt bei mir. Ich war mir nicht sicher, wohin mit mir. Raus oder rein, und wenn sie mit mir raus gingen, war es mir zu kalt. Ich wollte ganz schnell wieder rein. Herrchen und Frauchen brauchten viele gute Nerven in dieser Zeit. Ich kasperte herum, war ruhig, kaperte erneut herum. Das ging im Wechsel. Wie gehe ich damit um, was mit mir passierte? Ich bekam viele Streicheleinheiten in dieser Zeit. Von Penny kam keine Hilfe, für sie war das normal. Sie schaute mich nur an und dachte vermutlich: „Die Kleine hat einen Knall!"

Herrchen und Frauchen packten erneut Kisten. Penny bekam sofort Panik. Ich weiß nicht, warum das bei ihr war. Das Kistenpacken sagte uns, dass wir in eine neue Wohnung zogen. Wow, die war viel größer und hatte einen langen Flur, da konnte ich wetzen. Um fit zu bleiben, machte ich jeden Morgen mit meinen Menschen im Wohnzimmer meine Trainingsrunden. Da ging es über das Sofa in das Hundekörbchen, in das zweite Hundekörbchen, auf das Sofa. Ich liebte es, wenn meine Menschen mich jagten. Ich bin viel zu schnell für sie. Und wenn es brenzlich wurde, verschwand ich in meine Höhle. Da holten sie mich nicht heraus. Das war ein Ort, wo ich absolut sicher war. Das ist bis heute geblieben. Mein eigener Rückzugsort.

Lange blieb ich nicht drin, schon ging es von vorne los. Herrchen musste um den Wohnzimmertisch laufen, da war ich schon wieder weg. Dieses Spiel fand ich richtig toll. Penny schaute uns zu, ob sie denkt, wir spinnen? Durch den zehn Meter langen Flur machten mir unsere Leckerlispiele viel Spaß. Herrchen hat Leckerlis in den Flur geworfen und ich flitzte hinterher.

Das Mietshaus hatte einen großen Hof, und auf der rechten Seite, war unsere kleine Wiese. Am liebsten jagten wir die Katzen, die sich auf dem Hof herumlümmelten. Das freute unseren Vermieter, er konnte keine Katzen leiden. Das konnte er nicht ändern. Herrchen sagte, wenn man auf dem Land lebt, muss man damit rechnen. Logisch, dass wir den Katzen klar machen mussten, dass wir jetzt hier das Sagen hatten. Manche Katzen dachten, sie wären schlau und blieben einfach liegen. Sie hatten schnell gelernt, wenn wir kommen, ist es besser, den Rückzug anzutreten.

An Pennys Geburtstag im April, da erinnere ich mich gerne. Es gab Geschenke. Und weil wir uns an Weihnachten gefetzt hatten, hat mich Frauchen im Arm gehalten, als Penny ihr Geschenk bekam. Ich bekam ein kleines Geschenk und später durfte ich mit in Pennys neuem Bettchen. Das war das Einzige, wo Penny Freude hatte. Sie liebte alle ihre Bettchen und Körbchen. Die Kerzen zündete Frauchen auf dem Kuchen an, und wir sangen Happy Birthday. Herrchen und Penny pusteten die Kerzen aus. Wir haben unser kleines Stück Kuchen bekommen. Weil das für Hunde nicht gut ist, gab es für uns nur ganz wenig. Das bisschen würde uns nicht schaden. Wir beeilten uns, alles auf zu schlabbern.

Am Abend bekamen wir jeder einen Truthahn-Knochen, der war Lecker. Ich war für Stunden nicht zu sehen, ich war mit meinem Knochen beschäftigt. Mein allererster großer Knochen, das war etwas Besonderes. Ich ging zu Penny, um zu sehen, wo ihr Knochen ist. Sie hat ihn nicht komplett abgenagt. Als sie schlief, habe ich mir ihren Knochen genommen. Das war meine Trophäe. Ich bewachte beide Knochen gut. Heimlich habe ich sie mit ins Bett genommen. Frauchen war davon nicht erfreut. Sie sagte: „Euch ist viel erlaubt, aber ein Knochen kommt nicht ins Bett!" Das fand ich nicht gut. Das ist mein erster Knochen. Der Tag war gefüllt mit neuen Erlebnissen, dass ich die Augen nicht mehr aufhalten konnte und sofort eingeschlafen bin.

Ein paar Tage später durften wir hinter den Zaum von unserer kleinen Wiese. Dort befand sich eine große Wiese. Frauchen sagte, da hätte eine Pferdkoppel Platz gehabt. Das machte Spaß dort herumzurennen.

Meine Lieblingsbeschäftigung war, dass jagen der Vögel. Sie hatten mich geärgert. Sie flogen tief über meinem Kopf hinweg.

Ich dachte, ich könnte sie fangen und schwuppdiwupp sind sie weggeflogen. Das erinnerte mich an den Wellensittich bei meiner Züchterin. Ich konnte sie nicht erwischen. Dieses Spiel hat mir viel Spaß gemacht. Penny spielte nicht mit. Sie ist halt unsere Omi und liebt es mehr in der Sonne zu liegen.

Penny hatte sich in dieser Wohnung nicht wohlgefühlt. Ich weiß nicht warum. Die Menschen sollten mehr auf uns Tiere achten, damit könnten sie einige Probleme aus dem Weg gehen. Von Tatjana, einer Freundin von Herrchen und Frauchen wussten wir, dass die Menschen in Russland Tiere vorher in die neue Wohnung lassen. Es können Hühner, Hunde oder Katzen sein, erst wenn sie nicht gleich raus rennen, mieteten die Menschen diese Wohnung. In Russland machen sie das heute noch. Herrchen war auch nicht erbaut von dem Haus. Er erklärte uns, wir mussten schnell umziehen, weil es in der alten Wohnung viel Schimmel an den Wänden gab und wir sollten nicht krank werden. Ach ich liebe meine Menschen, sie tun alles für uns.

Die Zahnfee

Der 11.05.2011 war kein guter Tag für uns. Das fing an, dass wir kein Frühstück bekamen. Vormittags ging es ins Auto. Penny sagte mir, hoffentlich geht es nicht zum Tierarzt. Als wir über die Landstraße Richtung Reichelsheim fuhren, war uns klar, es ging zum Tierarzt. Penny hatte recht. Wie ich erwähnte, mag ich keine Tierärzte. Obwohl unser Tierarzt ein netter Mann ist, der viel lacht, ist er mir nicht geheuer. Und ich hatte recht behalten. Er hat mir eine Spritze gegeben und die hat mir so wehgetan, dass ich aufschrie. Ich weiß, sagte der Tierarzt, es brennt ein bisschen. Ein bisschen? Hat er sich mal so eine Spritze gegeben? Ich war auf Frauchens Arm und bin sehr müde geworden.

Ich hatte meine erste Zahn OP und Penny verlor ein Backenzahn, weil er vereitert war. Sie ist unsere Omi, da kommt das vor, Zähne zu verlieren. Ich verlor mit Hilfe des Tierarztes ein paar Milchzähne, die alleine nicht raus kamen. Ich wachte gerade auf, da lag ich in Frauchens Arm. Das Gefühl war wunderschön, als ich sie sah. Ich war noch benommen und suchte Penny. Frauchen sagte: „Sie sucht Penny, das Köpfchen geht hin und her!" Klar, ich suchte meine Penny. Wo ist meine Penny? Die Sprechstundenhilfe hatte Frauchen und Herrchen aufgerufen. Als ich wieder auf dem Behandlungstisch war, sah ich, dass dort meine Penny lag. Im Gesicht war sie pitschepatsche nass. Sie war gerade aufgewacht. Jetzt hat Penny noch drei Zähnchen. Der Tierarzt sagte, was er alles bei uns gemacht hatte, Frauchen übergab er unsere eingepackten Zähnchen und wir konnten nach Hause fahren.

Mein Frauchen erzählte, dass sie bisher nicht ein Zähnchen von mir gefunden hatte. Sie hatte eigentlich einen Termin mit der Zahnfee, sagte sie. Ich hatte sie gut versteckt. Zuhause haben wir uns erholt. Das dauerte bei Penny viel länger als bei mir. Später hatten wir hunger und bekamen leckeres Tatar, das wir herunterschluckten. Penny hatte ein größeres Loch, wo der Bakkenzahn war.

An nächsten Morgen fanden wir Leckeres in unserem Körbchen. Frauchen sagte: „Das hat euch die Zahnfee gebracht und dafür hat sie eure Zähnchen mitgenommen." Toll, das war ein fairer Tausch. Wenn ich jetzt wüsste, wo ich die anderen Zähnchen versteckt hatte.

Es kamen neue Schleifen für mich von

Dolly Dog. Rita hatte die schönen Schleifen hergestellt. Ihre Tamina ist eine Halbschwester von mir. Ich hatte eine echt schöne Schleife zusätzlich geschenkt bekommen. Rita sagte, es sei ein Geschenk von Tamina an mich. Danke liebe Tamina. Diese Schleife ließ ich mir gerne in die Haare machen, als ich alles neu gestylt hatte, sah es gut aus. Frauchen lachte, sie weiß, sobald ich auf dem Boden bin, style ich mich fort um.

Ich laufe meinen lieben Menschen hinterher, sogar wenn sie zum Klo gehen. Unser Besuch erlaubt das nicht, bei Herrchen und Frauchen geht das. Ich legte mich sofort vor ihnen auf den Rücken und ich wartete, bis sie mir den Bauch streichelten. Das liebte ich total.

Bei Herrchen hatte ich mir gedacht, wie toll es wäre, wenn ich in seine Hose klettere. Gesagt, getan. Ich hatte da gut rein gepasst. Das fand ich gemütlich, und mein Herrchen hat gelacht, als er mich sah. Er blieb nicht lange auf dem Klo sitzen und ich musste raus. Das mochte ich nicht. Ich nutzte jede Gelegenheit, das wieder zu tun. Und da hatte ich die Lacher, wie gewohnt, auf meiner Seite. Frauchen musste lachen, als sie das hörte. Das ging alles eine Weile gut, bis ich da nicht mehr rein passte. Ich war zu groß, aber ich war nicht bereit, das zu glauben, wenn Herrchen mir sagte: „Du passt da nicht mehr rein!" Ich versuchte es, zwängte mich rein, ein Teil von mir hing draußen, egal wie viel Mühe ich mir gab. Ich musste einsehen, dass diese schöne Zeit vorbei war. Mir fällt etwas Neues ein.

Wenn ich Fotoshooting hatte, machte ich totale Faxen. Frauchen und Herrchen lachten sich schief, wenn sie die Bilder auf dem Computer sahen. Frauchen sagt, dass diese Bilder nicht für ihre Bastelarbeiten benutzbar sind. Solch ein Kobold bin ich. Auf einem Foto sah es aus, als ob ich Pustebacken hatte, meine Haare im Gesicht sahen aufgeplustert aus. Ich hatte mich gerade geschüttelt. Dann nahm ich mich zusammen und habe lieb in die Kamera geschaut. Und schon kam das geliebte Leckerchen.

Ich konnte mir gut Gehör verschaffen. Wenn meine Menschen zu lange am Computer hingen, versuchte ich es erst mit mekkern. Ignorierte Herrchen das, zoppelte ich an sein Hosenbein, und er kam zu mir auf den Boden. Wir tobten, was das Zeug hält. Bei dieser Gelegenheit zeigte ich ihm, wie toll ich als Schildkröte aussah.

Aus den vielen Körbchen suchte ich mir das leichteste heraus und das hatte ich umgedreht und krabbelte darunter. Ich kam hervor, dass nur der Kopf und meine Vorderpfoten herausragten. Und so bin ich gelaufen. Da die Unterseite vom Bettchen schwarz war und der Rest gestreift, sah es wie eine Schildkröte aus, sagte Herrchen. Ich hatte die Lacher auf meiner Seite. Ich habe total stolz meine Runden gedreht.

Im Wohnzimmer hatten wir unsere Spielecke, wo uns alles erlaubt war. Wir hatten unser Personal die es richteten, wenn wir alles durcheinander machten. Das ist für mich das reinste Paradies. Penny spielte nicht viel. Sie würde nicht eine Decke verwühlen, das war einfach nicht ihre Art.

Es war ein Tag, wo ich meine berühmten fünf Minuten hatte. Penny und ich waren auf unserer großen Spieldecke. Penny lag am rechten Rand, an der Tür, die offen stand, und hielt ihr Nickerchen. Ich war außer Rand und Band, und warf ein Knabberstäbchen in die Luft und fing es auf. Ich drehte mich im Kreis. Ich lief hin und her und sprang über Penny drüber, ab in den Flur und schnell zurück. Glaubt ihr, Penny hätte sich gerührt? Nicht die Bohne. Diese Geduld und Gleichmut habe ich nicht. Ich bin weiter am Spielen gewesen und habe Penny angerempelt. Sie schaute mich zwar an, sie tat, als ob es sie nicht interessierte. So geduldig ist nur eine Mutter, oder? Penny hatte bestimmt viele Babys gehabt. Ich kleiner Kobold tobte weiter, ich hatte so viel Spaß. Was ich von klein auf getan habe, das tat ich jetzt, ich zog Penny an den Haaren. Sie stand auf und ging auf die andere Seite. Herrchen und Frauchen schimpften mit mir, wenn ich Penny an den Haaren zog. Das musste ich heimlich machen, beim Spielen schauten mir Frauchen und Herrchen gerne zu, wenn ich so ausgeflippt spielte. Frauchen wie üblich mit der Kamera und Herrchen saß auf seinen Bürostuhl, mir zugewandt. Ich griff Herrchen an und zog ihm seinen Sokken aus. Das war für mich mächtig anstrengend. Das ist der Zeitpunkt, wo Herrchen zu mir auf die Decke kam und wir tobten gemeinsam. Und meine Penny freute sich und dachte: „Gut, brauche ich nicht mit ihr spielen." Alle sind zufrieden und ich habe meinen Spaß.

Eines Tages kam die Post und brachte ein längliches Paket. Oh wie aufregend. Ich musste sofort überall schnuffeln. Herrchen machte das Paket auf. Ich war total aufgeregt, ob es für mich war, wie die Höhle? Es war ein neuer runder Teppich für den Couchtisch. Ich war so flippig, dass ich im Weg stand und Herrchen den Teppich nicht hinlegen konnte. Er nahm mich und setzte mich an die Seite, weg vom Teppich. Ich kam erneut nach vorne. Ich wollte ihm helfen, damit er wusste, wo der Teppich hingehört. Herrchen sagte zu mir, dass er das ohne meine Hilfe schafft. Ohne mich, wie geht das? Endlich lag er, wo es seine Bestimmung war und alle waren zufrieden. Das war für uns toll, wenn wir von der Hundetreppe runter kamen, rutschten wir nicht mehr. Für Penny war das noch besser, weil sie schon etwas wackelig war. Jetzt konnten wir viel besser um den Tisch jagen und hatten durch den Teppich mehr halt.

Es kam mein erster Geburtstag. Ich knuddle für mein Leben gerne, an diesem Tag bekam ich noch mehr Knuddeleinheiten als sonst. Das fand ich super. Warum ist nicht jeder Tag Geburtstag? Alle waren superlieb zu mir. Ich bekam Geschenke. Unter anderem ein Intelligenzspiel. Das war ein viereckiges Holzstück mit vier Klappen. Und darin waren Leckerlis versteckt. In null Komma nichts hatte ich das Spiel fertig. Frauchen und Herrchen staunten nicht schlecht. Bei diesem Spiel war ich schnell. Ich machte anfangs auf Show, ich hatte den Bogen schnell heraus. Penny hatte es genauso schnell geschnallt, wo sie die Klappen öffnen musste. Nein, Frauchen musste uns das nicht zeigen.

Ich versuchte langsam die Führung zu übernehmen, das ließ Penny nicht zu. Mein Tag kommt, so steht es im Rudelgesetz.

Falls das noch nicht angekommen ist, ich bin unter die Innenarchitekten gegangen. Ich hatte mir einen guten Namen gemacht. Ich baute unsere Bettchen um, dekorierte sie neu. Wir haben ein kleines Sofa, das wir auseinanderklappen können. Frauchen sagte mir, dass es für Kinder sei. Ein echtes Prinzessinnen-Sofa. Wenn es ausgeklappt war, sahen wir, dass auch ein Schlafsack daran war. Das machte Spaß sich darin zu verstecken.

Ich hatte ein dünnes biegsames Bettchen umgedreht und zusammengefaltet. Darüber das aufgeklappte Sofa gezerrt. Ich fand das toll. Und was machten meine Menschen? Sie lachten mich aus. Das ist die Höhe. Frauchen meinte zwar, sie lachte mich nicht aus, sondern an, das glaubte ich ihr nicht. Ich hatte sie noch warnend angesehen. Ich fühlte mich nicht gebührend gelobt für diese harte Arbeit. Als sie nicht aufhörten zu lachen, ging ich beleidigt weg. Meine Menschen haben keinen Sinn für echtes Hundedesign. Da ich ein sonniges Gemüt habe, dauerte das bei mir nicht lange und ich kam angerannt und sie haben mit mir gespielt.

Beim Spielen hatte ich entdeckt, dass sich durch meine Kraft, meine Höhle drehen lässt, sodass die Öffnung oben ist. Hey, das macht Spaß und hält fit, hinein und heraus-zuspringen. Ich weiß meine Menschen zu belustigen. Mein Frauchen staunte, auf was für Ideen ich komme. Das ist mein normaler Spieltrieb. Frauchen hatte Bilder davon ge-macht, ich war zu beschäftigt, sodass ich es nicht gemerkt hatte. Mit meiner Höhle konn-te ich viel anstellen.

Nach und nach erzählte mir Penny mehr aus ihrem Leben, ich hörte gespannt zu. Die Geschichte war lustig, als sie mit Frauchen und Herrchen in Florida auf Reisen ging:

„Wenn ich mich auf stur stelle, erreiche ich viel bei meinen Menschen. Wir fuhren nach Miami, die Fahrt betrug fünf Stunden, einfache Strecke. Herrchen hatte es mir ge-mütlich im Van gemacht. Er baute mir einen Kasten, der über Eck ging. Dass ich hinter seinem Sitz liegen konnte, und einen Gang hatte, damit ich zwischen Frauchen und Herrchen liegen konnte. Dort lag ich mei-stens. Das liebte ich total, wenn ich Frau-chen und Herrchen sehen konnte. Herausfal-len konnte ich nicht, weil das angebaute Teil etwas tiefer lag, als die Vordersitze. Frauchen hatte meine Ecke, wo ich mich frei bewegen konnte, schön abgepolstert. Mir fehlte es an nichts. In den USA ist es egal, wie die Menschen ihre Tiere im Auto befördern. Es gibt dort keine strengen Gesetze, wie hier in Deutschland. Frauchen hatte für mich Futter mitgenommen. Als es Essenszeit war, fuhren sie zum großen gelben M und Herrchen kaufte für Frauchen und sich Chickenburger mit Pommes frites. Für mich war mein langweiliges Trockenfutter vorgesehen. Das sah ich nicht ein. Ich verweigerte das Trockenfutter und schielte auf den Chickenburger von Herrchen und leckte mir genüsslich und erwartungsvoll das Mäulchen. Ich kannte mein Herrchen, er konnte mir keinen Wunsch abschlagen.

Ich bekam sein Chicken und ein paar Pommes frites, und er durfte das Brot und den Salat essen. Ich hatte Herrchen von Anfang an als Rudelführer auserkoren. Ich bekam auch Herrchens leckeres Toastbrot zum Frühstück. Herrchen sagte manchmal zu mir: „Ich hungere gerne für dich, wenn es dir nur gut geht!" Dass interessierte mich nicht die Bohne, ich wusste, dass Frauchen ihn nicht hungern ließ. Ich schmiegte mich an ihn und damit erreichte ich viel. Ich gebe dir den Rat, es ähnlich zu tun. Wir haben tolle Menschen, sie tun einfach alles, was wir wollen.

Ich antwortete Penny: „Das merke ich mir." Und glaubt mir, liebe Leser, das ist in meinem Hinterköpfchen gespeichert. Ich finde garantiert einen Weg, dies für mich umzusetzen. Ich bin nicht umsonst ein cleveres Girl.

Penny wurde krank

Zum Leben gehören fröhliche und traurige Momente, wie ich erkannte. Meine Penny wurde im Oktober 2011 schwer krank, und der Tierarzt brauchte eine Zeit lang, um herauszufinden, was ihr fehlte. Zuerst tippte er auf einen Magen/Darm Infekt. Was für Frauchen dagegen sprach, dass Penny einen guten Appetit hatte. Fressen konnte meine Penny. Es ging ihr schlechter, das Laufen fiel ihr schwer und sie war apathisch. Sie schlich an der Wand entlang. Das tat uns allen weh, sie leiden zu sehen. Das war ein Zeitpunkt, wo wir befürchteten, dass sie über die Regenbogenbrücke geht.

Leute, ich hatte solche Angst um meine Penny. Sie hatte viel geschlafen, und wenn sie raus musste, haben Herrchen oder Frauchen sie getragen. Sie war in dieser Zeit mehrmals beim Tierarzt. Frauchen sagte eines Tages: „Wir fahren sofort zum Tierarzt und geben ihr keine Schmerzmittel, damit er sieht, wie sie läuft." Das tat meinem Frauchen leid, aber wir mussten wissen, was Penny hatte. Das war eine gute Entscheidung, der Tierarzt hatte schnell eine Diagnose, als er sie laufen sah. Penny lief wie eine Betrunkene. Sie schwankte von einer Seite zur anderen. Es stellte sich schnell heraus, dass sie Kreuzlähme im Lendenwirbelbereich hatte. Penny bekam sofort eine Spritze gegen die starken Schmerzen. Wenn Penny es zuließ, sollten wir es mit einer Rotlichtlampe versuchen. Und wir bekamen ein starkes Schmerzmittel für Penny. Die Wärme von der Rotlichtlampe tat Penny gut. Sie ließ es sich gefallen und lag ruhig da.

Seitdem ging es nicht mehr ohne Schmerzmittel. Ich hatte nicht umsonst den Ruf, eine der besten Krankenschwestern in einem Fellkostüm zu sein. Ich war fürsorglich zu Penny. Ich hatte gesehen, dass Frauchen Penny mit einer Decke zudeckte, damit sie es schön warm hatte. Ich legte mich vorsichtig auf sie, damit ich sie mit meinem Körper noch mehr wärmen konnte. Sobald meine Penny einen Pips sagte, war ich bei ihr. In dieser Zeit sind wir beide eng zusammen gewachsen.

Ich war rücksichtsvoll mit Penny, obwohl ich Anstalten machte, mit Penny zu spielen. Frauchen erklärte mir, dass ich noch nicht mit Penny spielen konnte. Wenn ich es versuchen wollte, schaute ich erst mein Frauchen an. Ein Blick in ihre Augen sagte mir, dass ich noch warten sollte. Frauchen tat ich leid, weil sie wusste, wie gerne ich mit Penny spielte. Sie haben versucht mich abzulenken, ich spielte wirklich gerne mit meinen Menschen, aber sie konnten mir Penny nicht ersetzen.

Wann ist Penny gesund? Es war eine echt lange Zeit, die bei Penny akut war. Wir hatten große Angst, dass sie es nicht schafft. Es gab Tage, da schlief sie den ganzen Tag. Fressen nahm sie gerne an, das war gut, weil sie Schmerzmittel bekommen musste. Wir gaben ihr all unsere Liebe, damit sie schnell wieder auf die Beine kam.

Ich habe mich riesig gefreut, als ich eines Tages sah, dass Penny mehr Anteil an unser Leben nahm. Ich war total aus dem Häuschen vor Freude. Mit den Schmerzmitteln konnte sie nach einer langen Zeit besser laufen. Seitdem ist meine Penny viel vorsichtiger gelaufen. Sie beobachtete weiterhin alles, das machte ihr Spaß.

Als Paula mit ihrem Frauchen kam, lag Penny auf einem Heizkissen und hatte alles beobachtet, was vor sich ging. Das war Penny immer wichtig. Ich konnte mit Paula schön herumtoben. Das Frauchen von Paula fragte, ob ich davon was bekommen dürfte, sie holte Leckerlis aus ihrer Tasche. Mein Frauchen sagte: „Wenn sie es nimmt, ist es kein Problem." Ich nehme viele verschiedene Leckerlis, aber diese gingen nicht an mich heran. Alle wunderten sich, dass ich diese Leckerlis verschmähte. Obwohl ich verrückt auf Leckerchen war. Meine Penny mochte diese Leckerlis auch nicht. Das wären gesunde Bachblütenplätzchen sagte das Frauchen von Paula. Ach du Schreck, gibt es Hunde, die das mögen? Das roch komisch.

Später erzählte mir Paula eine lustige Geschichte, dass sie zu Hause beim Spazieren gehen, in die Apotheke läuft und dort bekommt sie ein Leckerli. Paula durfte normale Leckerlis nicht mehr fressen, ihr Frauchen hat der Apothekerin, diese gesunden, für mich ungenießbaren Leckerlis gegeben. Diese mochte Paula nicht, Paula ist hinter dem Tresen der Apotheke gelaufen und die Apothekerin hat ihr heimlich normale Leckerlis gegeben. Paula hatte sich diebisch gefreut. Wir Hunde sind nicht dumm. Paula tat mir leid. Sie durfte von uns auch nichts mehr fressen. „Menschen essen Schokolade, obwohl sie nicht unbedingt für jeden gesund ist", sagte Herrchen.

Es kam ein neues großes Paket für uns an. Frauchen hatte sich für uns ein Ballonfederbett schicken lassen. Wie Frauchen erklärte, war das ein Federbett mit einer

Kammer, gefüllt mit Daunenfedern. Damit es vor allem Penny im Winter schön warm hatte. Das war eine Gaudi, ihr glaubt es nicht. Frauchen legte es ins Büro, wo ein großer Schrank stand, der Spiegeltüren hatte. Im Büro standen die Computer von Frauchen und Herrchen und hier waren sie die meiste Zeit. Darum bekamen wir eine große Decke auf das Laminat und das Ballonfederbett obendrauf.

Ich liebte es sehr, wenn mich Frauchen in das Federbett fallen ließ. Ich juchzte vor Freude. Das hat Spaß gemacht. Ich bekam davon nicht genug. Penny gefiel das Federbett auch sehr. Sie ist sofort rauf gegangen und kuschelte sich rein. Frauchen deckte sie zu und da lag sie ruhig und entspannt. Ruhig ist für mich ein Fremdwort, das kenne ich nicht. Bei mir muss es immer rundgehen. Als Penny krank war, da habe ich Ruhe gegeben. Ich brauchte jetzt mehr Aktion.

Mein neuer Freund

Eines Tages sah ich diesen kleinen Hund in unserer Wohnung, den ich bisher noch nie hier sah. Na, dem habe ich es gezeigt. Ich habe ihn angebellt und er bellte zurück. Das machte mich noch wütender, weil er mir alles nachmachte. Machte ich Faxen, machte er Faxen. Legte ich mich hin, legte er sich hin. Ich kam mächtig ins Grübeln. Er ließ sich nicht anfassen. Okay dachte ich, ich versuchte es auf die ruhige Art. Fiel mir zwar nicht leicht, aber ich glaubte an meinen Erfolg. Ich erzählte ihm einiges. Er erzählte mir einiges, dass ich nicht verstand. Wenn ich ruhig war, war er ruhig. Es gab mit ihm keine Unterhaltung, wie mit Penny. Wenn ich es mit Penny übertrieb, gab es Ärger mit ihr. Nicht mit diesem Hund, ich konnte machen, was ich wollte.

Ich konnte nicht raufen mit ihm. Ich habe das echt nicht verstanden. Was ist das für ein Typ? Habe ich ihn mit der Pfote berührt, hob er seine Pfote genauso. Er war weiß, wie ich. Er hatte die gleiche Frisur wie ich, schön verwuschelt, wie ich. Dass ich ihn in dem Schrank sah, störte mich nicht. Dass er mit mir nicht spielte, verstand ich nicht. Er war in meiner Größe, wir hätten eine Menge

Spaß haben können, jetzt wo Penny nicht konnte. Penny passte auf mich auf, wenn andere Hunde da waren. Jetzt war es ihr egal. Das habe ich erst recht nicht verstanden. Egal was ich sagte, Penny lag da, ohne einen Ton zu sagen. Ging es ihr wieder schlechter? Ich dachte, es würde ihr besser gehen.

Ich sah, dass Frauchen mich ansah und lachte, häh, warum das? Ich verstand nichts mehr. Bis sie lachend sagte: „Tinka, du unterhältst dich mit deinem Spiegelbild." Wie? Spiegelbild, was ist das? Penny hatte ein grinsen drauf. Frauchen sagte: „Dass im Schrank bist du selber." Herrchen kam zu mir herunter und machte Faxen mit mir, und ich sah, dass es Herrchen auch zweimal gab. Erst da begriff ich, dass ich einem großen Irrtum aufgelaufen bin. Warum sagt ihr mir das nicht gleich?

Weihnachten ging es meiner Penny mit den Schmerzmitteln gut und sie hat ihr neues Hundebettchen mit viel Freude angenommen. Das Hundebettchen hatte quer am Rückenteil eine große Schleife in diesem kuscheligen Plüschstoff. Penny hatte sich an die Schleife gekuschelt. Herrchen und Frauchen hatten Tränen der Freude in den Augen, dass es Penny besser ging und sie viel

Freude mit dem Bettchen hatte. Ich durfte erst nicht in das Hundebettchen rein. Später, als Penny raus ging, habe ich es mir angesehen. Es war schön angenehm weich und in Pink, meine Lieblingsfarbe. Da Penny mit nichts spielte, hatte sie ein Hundebettchen bekommen. Wir hatten genug Hundebettchen und Körbchen. Nach dieser schlimmen Krankheit von Penny suchten Frauchen und Herrchen ein Geschenk für sie, woran sie Freude hatte. Damit lagen sie richtig. Was könnten wir unserer Omi schenken, die alles hat? Gesundheit gibt es nicht zu kaufen, sagte Frauchen.

Silvester war das gleiche Drama mit der Knallerei, wie das Jahr zuvor. Im Badezimmer war ein Wagen, wo Handtücher drin lagen. Da habe ich mich rein gelegt, vor lauter Angst. Mein Frauchen tröstete mich, die Angst war übergroß. Ich fand ihre Nähe zwar angenehm, meine Angst konnte sie mir nicht nehmen. Ich verstehe Penny nicht, sie hat keine Angst vor der Knallerei. Im Gegenteil, Penny fühlte sich auf dem Arm von Herrchen geborgen und genoss das Spektakel. Nein, das ist nichts für mich. Ich war froh, als das vorbei war. Und ich war total groggy, weil ich viele Stunden Angst hatte. Ich bin in Frauchens Armen erschöpft eingeschlafen.

Im Februar 2012 schien Penny in einen Jungbrunnen gefallen zu sein. Sie fing von sich aus an, mit mir zu spielen. Das meine Freude riesen groß war, kann jeder verstehen. So Exessiv hatte Penny mit mir noch nie gespielt. Da hatte ich Mühe mit zu kommen. Wow, da ging die Post ab. Penny spielte ohne Ende. Frauchen sagte: „So haben wir Penny noch nie erlebt!" Herrchen musste sie jetzt bremsen, dass sie eine Pause macht und sich nicht übernimmt. Sie schaute so glücklich aus, wie früher. Uns ging das Herz auf, wenn wir sahen, dass sie viel Spaß am Leben hatte. Ich bin hart im Nehmen, das war selbst mir zu viel. Ich erkannte meine Penny nicht mehr.

Nachts kamen die Schmerzen zurück und sie weckte uns ständig. Frauchen dachte, es kam Unruhe von ihrem Alter hinzu. In dieser Zeit machte Penny die Nacht zum Tag. Und wir alle waren am nächsten Morgen müde, ich brauchte meinen Schönheitsschlaf. Das frühe Aufstehen machte mir zu schaffen. Ich war und bin absolut kein Frühaufsteher. Das ging ein paar Monate mit Penny. Wir wussten nicht, warum Penny die Nacht zum Tag machte. Frauchen und Herrchen waren zermürbt.

Im März kam Paula mit ihren Leuten zu

uns und da geschah ein echtes Wunder. Penny kam zu Paula und zu mir. Das hatte sie bisher nicht getan. Dass sich unsere Diva zu uns herab gelassen hat, erstaunte uns. Da standen drei Maltis, ein ungewöhnliches Bild. Gespielt haben Paula und ich. Penny sah uns zu, was wir alles anstellten. Und sie war in unserer Nähe. Das Frauchen von Paula spielte viel mit mir, und wir hatten Spaß zusammen. Sie fragte, warum ihre Paula nicht ein bisschen von mir hatte. Paula war eine kleine Schlaftablette. Sie hielt mein Tempo nicht mehr durch. Obwohl Paula noch nicht alt war, brauchte sie viele Pausen. Ob das von diesen Bach-Blüten-Leckerlis kommt? Ich bekomme sie nicht und bin fit.

Mittlerweile bin ich eine kleine Schönheit, sagte mein Herrchen. Ich weiß das und spiele es gerne aus. Ein kleiner Wimpernaufschlag von mir und ich bekam alles von Herrchen. Meinem treuen Hundeblick übersieht Frauchen nicht ich habe beide beobachtet, und weiß sie zu nehmen.

Im Schlafzimmer gehen die Spiegeltüren vom Schrank bis auf den Boden. Dort betrachte ich mich gerne. Ich fand mich erst schön, als ich mich wie üblich Umstylte. Frauchens Freundin Ilona ist da ganz meiner Meinung. Sie findet mich toll, wie ich bin, und Frauchen liebt mich sowieso. Wenn ich braun um die Schnute bin, ist es Frauchen egal. Sie liebt mich. Mein Frauchen sagte, an uns kommt keine Chemie heran. Lieber behalten wir diese kleine Verfärbung um die Schnauze. Modepüppchen brauchen wir nicht zu sein, wir sind unserem Frauchen dafür dankbar.

Das ist wirklich lustig. Könnt ihr mich, wild gewordenen Handfeger, als Modepüppchen vorstellen, das nur auf einem Samtkissen sitzt? Das geht gar nicht. Mein Frauchen hätte mit mir keinen Pokal gewonnen. Gott sei Dank möchte sie das auch nicht. Frauchen sagte, sie wünscht sich für uns, dass wir zwei glückliche kleine Hunde sind. Glaubt mir, das waren wir und das bin ich auch heute. Ilona hat zwei weiße Hunde, Emma und Paul, meine Freunde. Paul ist ein wenig braun, das macht nichts und ihm stört das nicht. Emma meine liebste Freundin ist ein schicker weißer Hirtenhund. An ihr kommt auch keine Chemie. Manche Hunde leiden, wie mir Frauchen erzählte. Und alles nur, damit sie Pokale gewinnen. Das brauchen wir nicht. Wir wissen, dass Züchter auf Ausstellungen gehen müssen, wegen der Zuchtpapiere. Unsere Menschen hatten nicht vor, zu züchten, und so brauchten wir das nicht mitzumachen. Penny war ein

Showhund, bevor sie von Herrchen und Frauchen aus dem Tierheim geholt wurde. Sie hätte einiges erzählen können. Wir wissen, dass sie auf viele Ausstellungen musste.

Als der Sommer nahte, dachte sich unser Frauchen, das wir unser Federbett nicht mehr brauchten. Da hat sie die Rechnung ohne uns gemacht. Da war sogar Penny ungehalten und das passierte selten. Als sie es merkte, Frauchen hatte den Bezug schon abgezogen, ist Penny demonstrativ auf das Federbett gegangen und hatte es „besetzt". Ihr war das egal, ob ein Bezug drauf war, oder nicht. Ich half ihr und wir machten lautstark Druck, dass wir damit nicht einverstanden waren. Wie zu erwarten war, hat Frauchen es eingesehen und hat einen neuen Bezug geholt und das Federbett neu bezogen. Ich bekomme meine kleine Krise, wenn Frauchen hier sauber macht und das Federbett für einen Augenblick wegnimmt. Da passe ich auf, dass es wieder an seinen Platz kommt.

Frauchen sagte, ich wäre ihr kleiner Pausenclown, ein süßer Kobold durch und durch. Damit halte ich meine Menschen bei Laune.

Es kam mein zweiter Geburtstag. Das war

eine tolle Feier. Frauchen hatte eine Einladung in den Gästebüchern verschickt und es kamen viele tolle Bilder für mich. Sie hat sie mir alle gezeigt. Ich bekam ein weiteres Intelligenzspiel, das sollte nicht einfach sein. Es war aus Plastik und hatte viele verschiedene Klappen und Hebel zum Füllen der Leckerlis. In der Beschreibung stand, das Spiel ist am Anfang zur Hälfte zu füllen, damit der Hund sich nicht überfordert fühlt.

Frauchen brauchte bei mir keine Bedenken zu haben, und hatte das Spiel komplett gefüllt. Ich hatte alles auf Anhieb gefunden. Von wegen überfordert, das gibt es für mich nicht. Frauchen und Herrchen hatten uns einen tollen Tag bereitet, wie jedes Jahr. Erst gab es eine Torte mit den Geburtstagskerzen. Mich beschlich das Gefühl, dass die Torte mehr für Herrchen war. Frauchen mochte nicht viel Kuchen. Und wir bekamen ein wenig davon. Das schlabbern wir weg. An solchen Tagen gibt es für uns tolle Leckereien. Ich hörte, dass es Hunde gab, die zu ihrem Geburtstag nichts bekommen. Das finde ich nicht schön. Wir wissen, dass es für uns ein besonderer Tag ist.

Penny war auf Herrchen fixiert. Er musste beruflich ein paar Nächte wegbleiben. Frauchen hatte alles für uns getan. Penny litt sehr darunter. Ihr ist ihr Rudelführer abhandengekommen. Und sie litt unter großen Verlustängsten. Das hatte sich in dieser Zeit verstärkt. Frauchen versuchte alles, um Penny die Liebe zu geben, die sie brauchte, sie konnte Herrchen nicht ersetzen. Er war drei Nächte weg. Dass er jeden Tag mit Frauchen telefonierte, half meiner Penny nicht. Hunde telefonieren nicht.

Als er endlich nach Hause kam, ist Penny nicht mit zur Tür gelaufen. Das war das erste Mal, dass mich Herrchen zuerst auf den Arm genommen hatte. Ich habe es genossen. Penny ist mit Frauchen auf dem Sofa geblieben, weil Frauchen interessiert zusah, wie Penny reagierte. Penny stand auf dem Sofa, sie war angespannt und meinte, dass Herrchen zu ihr kommen musste, und nicht sie zu ihm. Das war eine ungewöhnliche Situation. Als Herrchen ins Wohnzimmer kam, blickte Penny ihn nicht einmal an. Sie hat sich auch nicht von ihm Anfassen lassen. Da unsere Menschen uns zu nichts gezwungen hatten, hat Herrchen Penny ihr die Zeit gelassen, die sie brauchte. Er war für sie da, sie saßen gemeinsam auf dem Sofa, Penny hielt ihn auf Abstand. Sie war sauer mit ihm, dass er sie alleine gelassen hatte. Es hat drei Tage gedauert, bis sie sich Herrchen näherte. Frauchen sagte: „Wer weiß, was sie in ihrem Leben erlebt hatte, dass sie auf diese Weise reagierte." Es schien, als ob Penny mehrmals ihre wichtigsten Menschen verloren hatte. Hunde sind beliebte „Kaufobjekte." All das wussten wir von Penny nicht, und sie hatte darüber mit mir nicht gesprochen.

Das war lustig anzusehen. Penny zeigte Herrchen die kalte Schulter. Sie schaute zu Herrchen, um herauszufinden, wo er sich befand. Wir hatten den Eindruck, dass sie ihm zeigen wollte, dass er dran schuld war, dass sie leiden musste. Nach diesen drei Tagen war der Bann gebrochen und sie haben gekuschelt, was das Zeug hielt. Penny holte alles nach, was sie in den drei Tagen vermisste. Wir glaubten, Herrchen hat innerlich gelitten, dass er nicht an Penny herankam. Er hatte keine Wahl gehabt. Herrchen hat sich eine andere Arbeit gesucht, wo er nicht mehr über Nacht wegbleiben musste. Das hat uns allen gut gefallen. Es ist nicht schön, wenn ein Familienmitglied einfach fehlt.

Unser Paradies

Wir mussten erneut umziehen. Der alte Vermieter mochte uns nicht mehr. Er fing an, sich mit jedem Mieter im Haus zu streiten. Vieles ging über das Gericht, wegen den schlimmen Beleidigungen seitens des Vermieters. Stellt euch vor, er hatte Rattengift für uns ausgelegt. Mein Frauchen erzählte mir, dass meine Mama fast daran gestorben wäre, wenn sie nicht rechtzeitig zum Tierarzt gekommen wäre. Gut, dass Frauchen und Herrchen gut auf uns aufgepasst haben. Penny und ich nahmen ohnehin nichts auf, was auf der Straße lag. Das hatte uns geholfen. Frauchen und Herrchen hatten gleich allen Hundebesitzern davon erzählt, damit kein anderer Hund erkrankte, wie meine Mama damals.

Wir durften nicht mehr auf unsere kleine Wiese. Das ärgerte uns nicht sonderlich. Frauchen und Herrchen liefen mit uns die 500m zu dem Feuerwehrgelände. Vorbei an dem großen Spielplatz, wo wir nicht rauf durften. Es war auf allen Spielplätzen gleich, Hunde durften da nicht rauf. Das Feuerwehrgelände hatte eine große Wiese mit einem See. Darin blühten viele Seerosen und in der Mitte war ein Springbrunnen. Die Feuerwehr hatte dieses Gelände für die Hunde freigegeben. Am Anfang der Wiese stand ein Automat mit Kotbeuteln und darunter war ein Papierkorb. Wir waren gerne dort. Unsere lieben Menschen haben viele Spiele mit uns dort gemacht. Wir waren alleine auf der Wiese. Wenn wir andere Hunde sahen, bellten wir sie an. Im Hochsommer konnten wir dort ein schönes Sonnenbad nehmen, Penny liebte das.

Herrchen und Frauchen suchten nach einer neuen Wohnung, am liebsten mit einem kleinen Garten für uns. Sie ließen sich mehr Zeit, um das Optimale für uns zu finden. Viele Leute akzeptieren keine Hunde in ihren Wohnungen. Wir haben nichts kaputt gemacht. Herrchen hatte mehrere Vermieter angerufen, oft hieß es: „Nein, keine Hunde!" Die Menschen denken gleich, Hunde würden alles kaputtmachen. Was haben die Menschen gegen uns? Wir sind klein und lieb.

Als wir uns wiederholt eine Wohnung ansahen, haben wir an Penny sofort gesehen, die Wohnung ist in Ordnung. Sie blieb relaxt, nicht wie in der letzten Wohnung. Sie war ruhig, nicht aufgeregt wie früher. Herrchen und Frauchen hatten die Wohnung durch einen Freund empfohlen bekommen. Onkel Stefan danke für deinen tollen Tipp. Herrchen wehrte sich gegen eine Dachwohnung. Frauchen sagte: „Lass sie uns zumindest ansehen!" Als Herrchen sich diese Wohnung ansah, war er zufrieden.

Die Wohnung war in einem kleinen Haus mit drei Parteien. Wir würden unter dem Dach wohnen. Im Wohnzimmer hätten wir Fenster bis auf den Boden, da könnten Penny und ich gut raus schauen. Alle Fenster bis auf das Badezimmerfenster sind gerade, das war Herrchen wichtig. Im Wohnzimmer ist die Schräge 3,60m hoch, das gefiel uns allen. Frauchen findet die niedrigen Decken furchtbar. Die Balken sind braun und das gibt unseren Menschen und uns viel Gemütlichkeit. Und in der linken Ecke kommt der künstliche Kamin rein, sinnierte Herrchen. Frauchen sah mit Freuden, dass unsere Wohnung auch einen Balkon hatte. Das war eine Bedingung von unserem Frauchen.

Am liebsten mochten wir die Küche. Es ist eine schöne große Wohnküche. Unsere Küchenmöbel würden perfekt rein passen und die Essecke würde einen schönen Platz finden. Die anderen beiden Räume waren groß genug, um alles zu stellen, wie sich unsere

Menschen das vorstellten. Wir hätten viel Platz zum Toben, na mehr ich, Penny tut das nicht. Kurz gesagt, es wäre für uns alle die Traumwohnung schlechthin.

Für uns würde der kleine Vorgarten zur Verfügung stehen. Ein Paradies für uns Maltis. Dafür war der Garten groß genug. In der Mitte steht eine große Tanne. Toll sagte Herrchen, die gibt uns viel Schatten im Sommer. Im Winter liegt darunter kein Schnee und Penny hätte mehr grün, das würde sie freuen. Der Garten brauchte viel Pflege, weil die Mieterin, die noch darin wohnte, nichts im Garten machte. Er sah verwildert aus. Das ist für Herrchen kein Problem, er werkelt gerne im Garten herum. Herrchen machte es für uns schön, da hatten wir keine Bedenken.

Herrchen machte gleich ein Termin mit den zukünftigen Vermietern. Herrchen fragte gleich, ob es ein Problem wäre, wenn Penny und ich mit einziehen. Nein Hunde wären kein Problem, im Erdgeschoss wohnte ein Golden Retriever. Oh das freute uns.

Wir sind alle vier zur Mietvertragsunterzeichnung gefahren, damit sie uns kennenlernen konnten. Unsere Vermieter waren nette Leute. Der Mietvertrag war soweit in Ordnung, Frauchen wollte nur noch, dass wir mit in den Mietvertrag eingetragen werden. Was kein Problem darstellte. Durch die letzte Wohnung ist Frauchen vorsichtig geworden. Wir freuten uns alle sehr. Das Grundstück hat zwei Gärten und die sind durch einen Querbau vom Haus getrennt. Das ist nahezu perfekt. Im Haus gab es den Golden Retriever Buddy mit seinen Menschen. Marius wohnt in der Souterrain Wohnung, und er hat sich gleich angeboten, bei dem Umzug zu helfen.

Frauchen und Herrchen hatten alles organisiert. Das Hilfeangebot fanden wir nett. Bei den beiden Umzügen fuhr Frauchen mit uns zuerst in die neue Wohnung. Frauchen hatte uns eine Ecke zurechtgemacht, wo wir alles sahen. Vorlaufen ging nicht, damit die Möbelpacker nicht auf uns traten. Der Umzug ging lange und Herrchen hat gleich eine Flasche Sekt zu den Nachbarn unter uns gebracht. Es störte sie nicht. Und die Flasche Sekt wollten sie mit uns gemeinsam trinken, wenn wir fertig mit dem Einrichten waren.

Bei Frauchen und Herrchen ging das Einrichten der Wohnung schnell. Sie stellten die Gemütlichkeit schnell her, und für uns machten sie die neue Umgebung sehr angenehm. Das ist ihnen gelungen. Ein paar Tage später besuchten uns unsere neuen

Nachbarn, Boris, Anita und Marius. Gott sei Dank haben sie Buddy zu Hause gelassen. Penny sagte mir, dass es Ärger gegeben hätte. Da kennt meine Penny keinen Spaß. Ich sage euch, Anita, Boris und Marius waren sehr nett. Wir saßen mit auf der Eckbank und Boris fragte Herrchen, ob wir immer so ruhig wären. Die meiste Zeit sagte unser Herrchen.

Buddy ist lieb und ruhig. Für uns eine Nummer zu groß. Wir mussten erkennen, dass er uns ignorierte. Wir erklärten ihm bei der Gelegenheit, dass wir jetzt hier wohnen und es unser Revier ist. Penny mochte in dieser Zeit keine anderen Hunde. Zu mir war sie total nett. Anita und Boris gingen mit Buddy durch ihren Garten und nicht durch den Haupteingang in ihre Wohnung. Auf diese Art gab es keine Berührungspunkte mit Buddy.

An unseren Garten grenzte der Hof mit der Einfahrt zur Garage. Auf der anderen Seite war der Haupteingang zum Haus. Im Hof befanden sich die Mülltonnen. Wir hatten den Dachboden für uns und eine Gartenhütte im Garten. Das war gut, Herrchen und Frauchen hatten viele Kisten mit der Weihnachtsdeko.

In der Nähe haben wir viele Wälder und

Grünflächen. Vom Wohnzimmer aus sehen wir auf den Hintereingang des Bürgerhauses und dort sitzt ein West Highland Hund, (Westi) namens Rocky und bellt in einer Tour. Und wenn wir ihn mit unserem Bellen verjagen wollen, bekommen wir geschimpft. Das ist nicht fair. Wir tun unseren Job als Wachhunde. Wir sind zwar als sogenannte Schoßhunde gezüchtet, wir haben noch alle Instinkte in uns, wie die großen Wachhunde. Wir passen auf, die beiden anderen Männer, von unseren Nachbarn arbeiten Schicht und sie hatten es nicht gerne, wenn wir sie weckten.

Penny machte da toll mit. Am meisten ärgert es mich, wenn Rocky mit anderen Hunden spielte. Ich veranstaltete ein Spektakel. Als Herrchen mit uns raus ging, sind wir zu Rocky gegangen. Wir schnuffelten, großes Interesse hatten wir nicht an ihm. Er ist langweilig, sitzt den lieben langen Tag vor dem Hintereingang des Bürgerhauses. Wir finden, das ist kein schönes Hundeleben.

Ich hatte von Frauchen einen „Futterbeutel" bekommen. Da kommen Leckerlis rein. Frauchen hat ihn weggeworfen und ich sollte ihn zurückbringen. Ich bin hingerannt, ich habe ihn nicht zurückgebracht. Was ich habe, das behalte ich. Mein Frauchen war nicht davon zu überzeugen. Sie hat ihn mir weggenommen und erneut geworfen. Einmal holte ich ihn, dann war Schluss. Mit dem Leckerlibeutel ging ich gleich in mein Körbchen und versuchte an die Leckerlis zu kommen. Den hat Frauchen mir erneut weggenommen.

Sie hatte eine Schnur daran gebunden. Glaubte sie, dass es hilft? Sie warf den Beutel zu mir, als ich ihn nahm, hat sie an der Schnur gezogen. Da ich an den Beutel hing, bin ich mit zu ihr gelaufen. Frauchen hat den Beutel aufgemacht, und hat mir ein Leckerli gegeben. Das wäre meine Aufgabe. Das hat sie mehrere Tage mit mir versucht, da war ich stur. Ich musste ihr zeigen, dass die Uhren bei mir anders gehen. Frauchen hatte es verstanden und das mit dem Futterbeutel war erledigt. Apportieren ist kein Thema mehr für mich. Penny war noch schlimmer, sie stand auf dem Standpunkt, entweder gibst du mir das Leckerchen oder nicht. Ich mache dafür nichts. Spiele, die ihr gefielen, machte sie gerne mit. Sie hat den Omi-Bonus.

Das Gleiche hat Frauchen mit einem Ball bei mir versucht. Sie kennt mich doch. Sie warf den Ball weg, ich habe ihn EINMAL geholt und zu ihr gebracht. Sie hat ihn erneut

geworfen und ich habe das Spiel durch-
schaut. Ich habe sie angesehen und versuchte ihr mitzuteilen: „Wer hat den Ball
jetzt weggeworfen? Nicht ich, sondern du,
und jetzt siehe zu, dass du ihn holst, wenn
du ihn haben möchtest." Wir sind keine
Clowns, sondern süße Malti-Girls. Wir sind
zu was Besseren geboren. Unsere Menschen
zu erfreuen, Späße mit ihnen zu machen,
nicht für solche albernen Spiele.

Diese Späße mache ich zu gerne: Ich
warte bis Herrchen oder Frauchen auf dem
Sofa eingeschlafen sind. Sie liegen auf der
Seite und ich klettere zu ihren hinauf und
lege mich auf ihre Hüfte. Am liebsten bei
Frauchen, wenn sie im Winter ihr Heizkissen
anhat. Das Liebe ich total. Die Wärme auf
dem Bauch tut mir echt gut. Ich liebe es,
auf dem höchsten Punkt zu liegen.

Wir mochten den Herbst gerne, mit seinen bunten Blättern, die am Boden lagen.
Wenn sie trocken waren, raschelte es schön,
wenn wir durch den Blätterhaufen liefen. Bei
unserer Größe konnten wir uns drin verstek-
ken. Als wir draußen waren, schien die Sonne und kalt war es an diesem Tag nicht. Oh
Wunder, es hatte sogar meiner Penny gefallen, durch die Blätter zu laufen. Da wir auf
einen kleinen Hügel wohnen, konnten wir

das Gebiet gut überblicken. Hinunter an die Querstraße, auf die grüne Wiese, wo wir hingehen. Und wir konnten bis zum Sportplatz schauen.

Was wir für ein Glück hatten. Am nächsten Tag kamen Arbeiter von der Stadt und saugten die Blätter mit einer Maschine auf. Und es hatte prompt geregnet, da hätte es keinen Spaß mehr gemacht, draußen in den Blättern herumzutollen. Auf der anderen Seite ist ein Gartengrundstück. Den dort lebenden schwarzen Hund galt es, aufzuspüren. Er schien feige zu sein, er hat sich in seinem Garten hinter einem Busch versteckt und hat gebellt. Wenn ich es euch sage, die Nachbarn haben uns gehört und sie hatten sich nicht daran gestört. Da fühlt sich jeder Hund wie im Paradies.

Es kam, wie es kommen musste, unser Frauchen kam mit dem Blitzeding an - dem Fotoapparat. Wir haben eine gute Miene gemacht. Sie scheint es nicht zu akzeptieren, dass wir BEIDE das nicht gut finden. Für ein paar Leckerlis machen wir eine Ausnahme. Der Verdacht besteht, dass sie weiß, wie wir zu ködern sind.

Obwohl wir hier 6km von der alten Wohnung entfernt wohnen, sind hier alle Nachbarn total nett. Es beschwert sich über uns kein Nachbar oder macht doofe Sprüche, weil wir kleine Hunde sind. Ich musste kichern, wenn die Leute zu Herrchen und Frauchen sagten: „Lasst sie bellen, es sind Wachhunde!" Wenn wir die Hunde anbellen, die hier vorbei kommen, lachen die Besitzer. Manche sagen, dass wir gute Wachhunde sind. Dann fühlten wir uns wie die Größten. Das wäre zu betonen, dass wir bei unseren Menschen viele Freiheiten haben. Das Einzige, wo sie schimpfen, wenn wir zu viel bellen. Wenn wir am Fenster Rocky sahen, bellten wir ihn an. Das alles nenne ich total verbesserte Lebensqualität.

Meiner Penny geht es hier gut. Sie hat lange keine Schmerzmittel mehr gebraucht. Nachts schläft sie durch. Sie schläft fest, dass Herrchen sie hochnimmt und da wacht sie nicht auf. Da hatten Herrchen und Frauchen Angst um sie gehabt. Und wenn sie wach wurde, schaut sie um sich, als wenn nichts gewesen wäre. Damit hatte sie uns so manches Mal erschrocken. Da sie nichts mehr hört, bekommt sie es nicht mit, wenn wir sie rufen. Ich renne zu ihr und stupse sie an.

Worüber ich mich ärgere, dass Penny im Bett oben am Kopfende liegen darf. Ab und zu wäre es nicht schlecht, wenn sie mich oben liegen lassen würde. Wenn ich zuerst im Bett bin und ihren Platz einnehmen möchte, verjagt sie mich. Das ist das harte Los, die jüngere zu sein.

Auf der anderen Seite finde ich es super, dass Penny mehr mit mir spielt. Sie schafft es nicht mehr, beim Spielen mit mir mitzuhalten. Und ein kleines bisschen nutze ich das aus. Meine Menschen sagten, Penny ist noch nicht gesund. Sie hat nicht den Spieltrieb wie ich, das steht fest. Sie schaut zu, wenn ich meine fünf Minuten habe, oder ich mich von Frauchen und Herrchen jagen lasse. Beim Leckerlispiel bin ich viel schneller. Bis es weiter geht, warte ich auf Penny, das nervt mich. Frauchen sagte nicht umsonst, dass ich Pfeffer im Po hätte.

Trotz allem liebe ich meine Penny. Nach unseren Intelligenzspielen macht Herrchen ein Sonderspiel mit mir. Er versteckt Leckerlis und ich suche sie. Ich bin clever und finde sie schnell. Unter einem Kissen, in einem Körbchen. Oder Herrchen wirft sie vom Wohnzimmer in die Küche. Das ist ein schöner langer Weg. Diese Spiele liebe ich.

Wenn Frau Holle fleißig war, hielten wir im Schnee Wache, und gingen auf Patrouille. Wir haben ein großes Gartentor mit Gitter. Das ist für uns optimal. Wenn ich mich hinstelle, und meinen Kopf durch das Gitter stecke, sehe ich die Straße rauf und runter und die Kontrolle geht besser. Unser zartes "Stimmchen" ist Respekt einflößend, sage ich euch. Es kommen hier auch Pferde vorbei und die habe ich erschreckt. Sogleich kommen unsere Menschen und ermahnen uns. Obwohl, es ist für mich ein erhabenes Gefühl, wenn Pferde vor mir kleinem Malti-Girl Angst haben. Ich habe eine Schulterhöhe von 23 cm und ein Pferd hat locker 1,50m.

Der Schnee ist nicht unser Ding. Im ersten Jahr hat er mir gefallen, jetzt nicht mehr. Ich liebe die Wärme, wenn es nicht zu heiß ist. Ich mopse mir gerne das Heizkissen von Frauchen. Sie ist echt ne Liebe, sie macht mir Platz. Da ich nicht mehr runter gehe, wenn es mir zu warm ist, schaltet sie es aus.

Menschen haben die Angewohnheit ständig vor dem Computer zu sitzen. Unsere Menschen machen da keine Ausnahme, ich habe einen Trick gefunden, wie ich dem Einhalt gebieten kann. Ich gebe ihnen ein Zeichen, dass ich auf den Arm möchte. Ich sehe zu, dass sie mich auf den Schreibtisch setzen, was bei meiner Größe ohne Probleme geht, und es kommt meine Stunde. Ich setze mich auf und verstelle ihnen die Sicht auf dem Monitor. Nach dem Motto von Humphrey Borgat in dem Klassiker Casablanca, „schau mir in die Augen Kleines." Und das klappt immer. Herrchen kommt sofort zu uns auf dem Boden und spielt mit uns, und Frauchen lacht über meine Cleverness. Ich weiß, was ich tue, damit ich nicht zu kurz komme.

An manchen Tagen hat mich Penny geärgert. Wir bekamen beide eine Knabberstange. Klar, dass ich schneller war, als Penny mit ihren drei Zähnchen. Sie legte ihre Knabberstange vor sich auf das Sofa, dass ich sie sehen musste. Herrchen sitzt neben Penny. Meine Penny tut, als ob sie schläft. Tut sie aber nicht. Sobald ich mich der Knabberstange nähere, kommt gleich ein warnendes Knurren von Penny und ein Blick der Bände spricht. Ich ging in die Wartestellung. Flach hinlegen, den Kopf auf dem Boden. Mein Blick visiert unentwegt Pennys Knabberstange an. Penny weiß das mich das halb verrückt macht. Sie kostet das richtig aus. Mein Frauchen nennt es, „ein Exempel statuieren." Wo hat Penny das gelernt? Schläft sie ein, schleiche ich mich zu meinem Herrchen und sage ihm, „Sie schläft, komm lass uns das Knabberstäbchen klauen." Just in dieser Sekunde wacht Penny auf und fängt an, ihre Knabberstange genüsslich und langsam selber zu fressen. Alles warten hatte keinen Sinn. Es kam vor, dass ich mutig war und ihr die Knabberstange geklaut habe. Wenn ich ihre geklaute Knabberstange habe, ist sie gutmütig und lässt sie mir. Sie kommt nicht angerannt und macht sie mir streitig.

Wir streiten uns um ein und denselben Knochen. Unser Frauchen sagte: „Ihr habt jeder einen Knochen." Das ist nicht das Gleiche. Der Knochen, den die andere hat, ist interessanter. Es könnten hier zehn Knochen herumliegen, das verstehen Menschen nicht.

Die Sache mit dem Spielteppich

Es war Mitte Dezember, wir lagen wie gewohnt gemütlich unter dem Schreibtisch von unserem Herrchen. Dort waren Körbchen für uns. Wir lagen gerne dort, wo unsere Menschen waren. Gegenüber von dem Schreibtisch hatten wir das Ballon-Federbett. Penny hatte angefangen zu zittern. Da waren Herrchen und Frauchen aufgeregt, was sie haben könnte. Klar nach dieser schlimmen Krankheit die Penny hatte, waren wir wie elektrisiert. Als Frauchen merkte, dass es Penny kalt war, ging Herrchen ins Wohnzimmer und fing an umzuräumen. Als er von dort unseren Spielteppich nahm, musste ich einschreiten. Das ging nicht. Was hatte er damit vor?

Halloooo Finger weg, das ist unser Teppich. Alles hört auf mein Komandoooo. Hey, was machst du mit unserem Spielteppich? Wo gehst Du damit hin? Ich habe mich draufgesetzt und ihn festgehalten. Das ist nicht zu glauben, ich habe gekämpft wie ein Löwe, es hatte nichts genutzt. Ich war zu klein und zu leicht. Penny war mir keine große Hilfe. Als ich sah, was Herrchen da machte, war ich beruhigt. Unser Spielteppich kam ins Büro. Unter dem Schreibtisch legte Herrchen eine dicke Steppdecke darauf und spannte sie als Höhle. An drei Seiten wurde sie zugemacht. Wir lagen nicht mehr im Zug. Da die Decke so groß war, schlug Herrchen sie vorne ein. Ich bin sofort da rauf gegangen und rief Penny zu: „Hey Penny, komm her und schau dir das an!" Das war etwas für meine Pennymaus. Sie kam gleich zu mir und ist in die Kuschelecke gegangen. Sie hatte erst alles aufgeräumt, wie es sein sollte. Penny hatte sich in die Ecke eingekuschelt. Ich brauche nicht zu erwähnen, wo seitdem unser absoluter Lieblingsplatz war und für mich noch immer ist. Da unsere Menschen viel Zeit in diesem Raum verbringen, war der Platz für uns perfekt. Es ist schön mollig warm. Wir sind glücklich mit unseren Menschen.

Penny nutzte die Ecke, um mir Geschichten aus Florida zu erzählen. Sie erzählte mir, dass sie in Florida mit Frauchen und Herrchen auf einem Hundeplatz waren: „Das war ein eingezäuntes Gelände mit einer großen Rasenfläche. Ein paar Palmen und Büsche standen darauf. Der Platz war für kleine Hunde von 16 – 18 Uhr reserviert. Wir haben uns dort getroffen, die Menschen waren unter einem Pavillon und wir Hunde auf dem Rasen und konnten spielen und toben. Neben dem Pavillon war ein kleiner flacher Plastikpool. Gleich daneben ein Wasserhahn. Ein paar Hunde gingen in den Pool hinein. Es waren mehrere Trinknäpfe vorhanden, die von den Menschen mit Wasser aufgefüllt wurden.

Das war eine tolle Zeit. Dort hatte ich meine Freundin Gina kennengelernt. Sie war ein kleines bezauberndes Yorki-Girl. Mit ihr hatte ich viel Spaß. Wir sind auf dem Gelände herumgerannt. Herrchen und Frauchen waren total glücklich, als sie mich herumrennen sahen. Ich hatte mich mit allen anderen Hunden dort gut verstanden. Wir waren circa 20 Hunde. Sie waren alle nicht viel größer als ich. Gina war viel kleiner.

Es war zu dieser Tagezeit, am heißesten. Wir Hunde suchten uns im Hochsommer ein schattiges Plätzchen. Palmen spenden nicht viel Schatten. Neben unserem Hundeplatz war noch ein größerer Platz. Der war für Hunde, die Agility gerne machten. Diese Gerätschaften waren auf dem Gelände."

Das fand ich toll. Frauchen sagte uns, dass sie hier in Deutschland solch einen Hundeplatz suchte. Es gab ihn nicht in unserer Nähe. In unserer Gegend gibt es Hundeschulen und Hundesportvereine. Das war nichts für uns. Von einem Hundeplatz, von wo Penny berichtete, träume ich. Das stelle ich mir cool vor. Frauchen sagte, die Gemeinde hielt den Hundeplatz in Florida instand. Der Hundeplatz war für alle kostenlos.

Adventfenster

Anfang Dezember ist hier alles weihnachtlich dekoriert und es war wieder schlimm für Penny. Sie hatte unter ihren Verlustängsten zu leiden. Sobald Herrchen die Kisten holte, flippte sie aus. Sie hat mir nie erzählt, warum das bei ihr war, und sie hat mir nie etwas vor ihrem Leben mit unseren Menschen erzählt.

Ich hatte alles beobachtet. Boah, gab es wieder viel zu sehen. Unsere Menschen machten das gleiche Szenario wie jedes Jahr. Das dauerte Stunden. Ich habe Penny beigestanden und es ging mit ihr. Ich war einfach für sie da, somit war sie abgelenkt. Wir hatten uns alles angesehen, was auf dem Boden lag. Herrchen baute den künstlichen Kamin, den ich erst inspizieren musste. Ich hatte beim Bau geholfen, wo es ging. Herrchen nannte es im Weg rum stehen - Frechheit. Als er fertig war und ich ihn für gut befunden hatte, weihten wir ihn feierlich ein. Das künstliche Feuer sah echt aus und es hatte den Flackereffekt. Das alles sah cool aus, wärmen konnten wir uns nicht daran. Mein Herrchen sagte, der Kamin wäre wichtig, für die Weihnachtssocken. Das erklärte er mir jedes Jahr.

Ich lag mit Penny am Kamin und sie erzählte mir eine Geschichte, dass Herrchen
ihr in Florida ein Traumschloss gebaut hatte.
Herrchen baute ein Hundehaus und dann
kaufte er sich weiße Abflussrohre. Die mon-
tierte er an die vorderen Ecken und schnitt
oben in den Turmkranz die Zacken für den
Umlauf hinein. In die Mitte kam das spitze
Turmdach als Abschluss. Als Muster schaute
er sich das Cinderellaschloss von Walt Disney an. Mein Schloss hatte nur 2 Türme, das
war auch in Ordnung. Dann hat Frauchen
mein Schloss in Rosa und Gold gestrichen.
Die Turmspitzen waren Blau. Auf den Turmspitzen waren Fahnen mit meinem Bild
drauf. Das fand ich cool.

Als es fertig war, inspizierte ich es. Innen
lag eine Decke, das Schloss gefiel mir sehr
gut. Aber mein Weihnachtsfreak Herrchen
setzte noch einen drauf. Er kaufte kleine
bunte LED Lichterketten und mein Schloss
bekam sogar eine Weihnachtsbeleuchtung,
wie die Häuser hier in der Gegend. Grüne
Pfeifenreiniger dienten als grüne Girlanden
um die Türmchen. Befestigt hatte er das
alles mit Heißkleber. Herrchen sagte zu mir:
„Du kannst zu Weihnachten doch nicht ein

ungeschmücktes Schloss haben." Und nun halte dich fest, ich hatte sogar einen kleinen Mistelzweig mit einer kleinen roten Schleife über dem Eingang. Da fehlte mir nur noch ein hübscher Rüde. So ist unser Herrchen."

Ich konnte das fast nicht glauben, was Penny mir da erzählte. Frauchen zeigte mir die Bilder auf unserer Homepage, da war ich echt begeistert. Ich bin gespannt, ob Herrchen mir auch so ein Schloss baut, denn sie konnten das Schloss nicht mit nach Deutschland nehmen.

Wir sind zum 1. September hier eingezogen. Hier im Ort gab es die Adventsfenster. Es waren 24 Häuser, wo sich die Besitzer einen Tag aussuchen konnten, indem sie ein Fenster weihnachtlich dekorierten. Sie bekamen jeweils ihre Zahl, die an das Fenster angebracht werden musste. Manche boten Plätzchen und Glühwein an. Um 18 Uhr kamen die Nachbarn und stießen auf das Fenster an. Ein Gemeindemitglied fotografierte die Fenster und setzte die Bilder auf die HP der Gemeinde ins Internet. Auf diese Art konnte er schnell seine Nachbarn kennenlernen, dachte sich Herrchen.

Und meine Weihnachtsfreaks Frauchen und Herrchen haben gleich teilgenommen. Wir hatten den 06. Dezember gewählt. Genug Dekomaterial war vorhanden. Sie machten ein schönes Fenster hier im Büro. Frauchen machte in Florida Holzarbeiten mit der Dekupiersäge und schöne Schwippbögen. Und ein Schwibbogen hatte sie ins Fenster gestellt. Der sah schön aus, weil er innen beleuchtet war. Es kam eine Lichterkette in das Fenster. Frauchen hängte ihre große beleuchtete Schneeflocke hinein. Dieses Fenster lag zum Hof, wo die Leute sich aufhielten und ihren Glühwein tranken. Die Nachbarn kamen, und sie lernten uns kennen. Wir mussten an der Leine bleiben, weil das Hoftor offen stand, damit die Leute kommen und gehen konnten. Wir hatten nicht mit so vielen Leuten gerechnet. Sie waren neugierig, wer da neu eingezogen ist.

Alle Augen waren auf uns gerichtet. Frauchen hatte für Plätzchen und Kuchen gesorgt. Es gab Glühwein und Kinderpunsch. Alle Nachbarn waren total nett. Und sie fanden die Weihnachtsbeleuchtung gelungen. Wir haben im Garten eine Gartenhütte stehen. Dort hielt Herrchen den Glühwein und Punsch warm. Die Rentiere standen im Garten. Große Schneeflocken als Lichterkette hingen in der großen Tanne, sie diente als Stromversorgung über unserem Balkon. Die Nachbarn hatten keinen Grund sich zu beschweren, dass wir das vom Hausstrom nahmen. Da es bitterkalt war, ist Frauchen mit uns viel früher nach oben gegangen. Dort konnten wir uns aufwärmen. Später kam unser Herrchen hoch und der Kuchen und die Plätzchen waren weggefuttert. Das schmeckte den Leuten gut. Herrchen ist zu all den anderen Fenstern gegangen. Manche sahen toll geschmückt aus. Alle Nachbarn fanden es von uns total gut, dass wir das alles mitgemacht hatten, obwohl wir erst eingezogen sind. Der Sängerverein hat unser Herrchen einladen mitzusingen. Frauchen und wir grinsten, wir kannten die Meinung von Herrchen, was das Singen betraf. Er sagte: „Das mache ich nur in der Badewanne." Die Lacher hatte er auf seiner Seite. Ein Mann sagte zu Herrchen: „Wenn du das möchtest, stellen wir dir eine Badewanne auf." Das war eine lustige Gruppe.

Und nichts ahnend kam der Winter zurück. Brrrrr war dass kalt und es schneite ohne Unterbrechung. Es war schon vorher kalt, aber jetzt war es kaum auszuhalten. In unseren Mäntelchen schauten wir nach dem Rechten draußen. Ich bin schnell in den Hauseingang gerannt. Mir war nach der warmen Stube. Oben angekommen hat Frauchen unsere Pfötchen vom Schnee befreit und es ging zum kuschlen aufs Sofa.

Penny war manchmal eine kleine Zicke, glaubt es mir. Dieser ewige Streit, wer zuerst in der Sofaecke liegen darf. Da ich schneller als unsere Omi war, hatte sie das Nachsehen. Ich verstehe es gut, sie abzudrängen. Ich musste aufpassen, dass mich weder Frauchen noch Herrchen sahen, sonst bekam ich geschimpft. Wenn Penny vor mir oben lag, dann war nicht gut Kirschen essen, mit ihr. Sie verteidigte ihren Platz. Ihr Blick sagte alles. Wenn sie mich so komisch anschaute, sagte ich besser keinen Mucks. Sie oben, und ich unten, da musste ich besser nachgeben. Frauchen sagte, wir wären beide Zicken, nö fand ich nicht. Die jüngeren haben immer das Nachsehen, fand ich.

Klar stritten wir uns, sobald unser Herrchen nach Hause kam. Ich war bestrebt, ihn zuerst zu begrüßen. Das erlaubte Penny nicht, weil sie meinte, die älteren Rechte zu haben. Wenn wir uns lautstark in den Haaren hatten, dann nahm Herrchen Penny hoch, weil er uns trennte. Ich hing noch an Pennys Haaren. Ich lasse mich nicht einfach abschütteln. Kurze Zeit später nahmen unsere Menschen weder Penny noch mich hoch. Herrchen kam zu uns runter und schimpfte mit uns Beiden, dass wir es nicht zu doll trieben. Das fanden wir nicht gut. Da verlor der schönste Streit seinen Sinn.

Ich gebe zu, der Geräuschpegel war hoch, wenn wir uns stritten. Frauchen schaute, ob Blut floss. Na so schlimm waren wir auch wieder nicht.

Lebensretterin Tinka

Dass ich eine tolle Krankenschwester bin, habe ich berichtet. Ich hatte sogar mein Frauchen gerettet. Sie ist seit vielen Jahren Diabetikerin. Es war eines Nachts im Januar 2013. An diesem Tag war alles anders. Ich war total unruhig, legte mich auf den Bauch von meinem Frauchen. Es war mir wichtig, dass ich sie wach bekam. Ich wetzte über die Hundetreppe herunter. Ich rannte hin und her, fiepte aufgeregt. Es roch ganz anders.

Als mein Frauchen erwachte, dachte sie, dass was mit mir wäre. Sie weckte Herrchen, damit er mit mir runter ging. Ich musste nicht raus. Da merkte sie, dass sie Unterzucker hatte. Sie ging gleich den Blutzucker messen. Sie hatte gefährlichen Unterzucker, sie konnte gleich Gegenregulieren. Puh das ist gut gegangen. Wir Hunde riechen das, Penny hat Frauchen aus diesem Grund nicht geweckt. Ihr Unterzucker war niemals dramatischer als an diesem Tag.

Klar war ich die Heldin des Tages. Das hatte mich größer gemacht. Frauchen bedankte sich bei mir mit viel schmusen und Leckerlis. Ach, wie ich das liebe. Danach fiel ich in meinen wohlverdienten Schlaf.

Am 17. April war Pennys Geburtstag. Wir wussten alle nicht, dass es ihr letzter Geburtstag hier auf Erden sein sollte.

Ich musste da die 2. Geige spielen. Das passte mir zwar nicht, aber OK, es ging an diesem Tag um Penny. Ich wusste, wie ich mich in Pose zu bringen hatte. Damit wir uns nicht streiten, hielt mich Frauchen auf dem Arm und Penny bekam ihr Geschenk. Die obligatorische Käsesahnetorte durfte für Herrchen, nicht fehlen. Wie jedes Jahr bekamen wir unseren Teil ab.

Unsere Omi Penny wurde 18 Jahre alt. Für ihr Alter war sie noch echt gut drauf. Sie hatte noch Spaß an dem Leckerlispiel. Logisch, dass ich viel schneller war. Ich gönnte Penny den Spaß. In der letzten Zeit mochte sie es, wenn Herrchen oder Frauchen ihr ein Leckerchen hinwarfen. Herrchen musste es ihr vor die Nase werfen, weil sie es nicht gut gesehen hatte. Klar, und sie schimpften mit mir, wenn ich es mir klauen wollte. War das meine Schuld, dass Penny nicht schneller war?

Den Garten genoss Penny in vollen Zügen. Sie liebte es in der Sonne zu liegen und alles zu beobachten. Wenn ich Hunde anbellte, machte sie mit.

Und es kam der 07. Juni 2013, MEIN 3. Geburtstag. Boah, war ich aufgeregt. Für mich bedeutete das, dass ich erwachsen war. Das war ich ausschließlich vom Alter her, vom Gemüt bin ich weiterhin verspielt. Unsere Menschen hatten mir einen tollen Tag bereitet und es gab viele Geschenke. In diesem Jahr gab es Gartenspiele für mich. Das hatte großen Spaß gemacht. Da mussten wir durch kleine Tore laufen und durch einen Ring springen. Ich habe das mit Bravour gemeistert.

Am Ende der Runde gab es ein Leckerchen. Nach ein paar Runden hatte ich keine Lust mehr. Ich legte mich an den Rand des Geschehens beobachte Penny, sie hatte bei den Spielen im Garten mitgemacht, sie ist nicht gesprungen, sondern durch den Kreis gelaufen. Egal, Hauptsache sie hatte Spaß daran, sagte Frauchen. Es ist schwieriger mit ihr, weil sie nichts mehr hört. Unter uns im Vertrauen, ich glaubte nicht, dass sie nichts mehr hörte. Mir kam es vor, Penny brauchte ihre Ruhe. Auf der anderen Seite, unsere Menschen tippten Penny an, wenn sie etwas von ihr wollen. Möglich, dass ich mich irre. Wenn es Leckerlis gab, bekam sie es nicht mehr mit.

Sie hört mich nicht mehr bellen. Liebe

Leute ich sage euch, wenn sie mitbekam, dass da ein Unhold an unserem Garten vorbei ging, konnte meine Penny ihre vier Pfötchen gut in Aktion bringen und schwuppdiwupp war sie am Gartentor. Das ging so ab, sie schaute, als ob sie Löcher in die Luft starrte. Dem war nicht so, sie visierte die Leute an, und pfeilschnell war sie am Tor. Es gab kein halten mehr. Sie hatte meine volle Unterstürzung. Zusammen waren wir unschlagbar.

Ich meine, schlau war meine Penny. Sie lief in die Lücke zwischen der kleinen Tanne am Zaun und dem Busch. Da bekommen uns unsere Menschen nicht schnell heraus. Das machte uns diebischen Spaß. Penny kam teilweise nicht von alleine heraus, da sich ihre langen Haare im Busch verfingen. Später wurde von Herrchen ein kleiner Zaun angebracht und aus war es mit unserem Versteckspiel. Frauchen drängte darauf, weil der Buchsbaum giftig für Hunde ist.

Ich dachte, langsam wäre es an der Zeit, die Führung hier zu übernehmen. Ich meine, lange genug hatte ich gewartet. Menno, Penny zickte mit mir herum. Okay, ich gab nach. Jedoch ließ ich mir nicht mehr alles von ihr gefallen. Mich von ihr weiterhin piesacken zu lassen, kam nicht mehr infrage.

Ich hielt ihren Blick stand. Das machte mir einen Heidenspaß und Penny machte das wütend. Ich hatte es geschafft, doch da kam Herrchen und machte uns beide an, ob es nicht besser wäre, mit dem Streiten aufzuhören? Ich möchte wissen, wer ihn diesen blöden Tipp gegeben hat? Ich fasste es nicht, mit MIR schimpfte er auch. Wir müssten einen Gang zurückschalten und ich musste mir was Neues einfallen lassen, das nicht gleich auffiel. Was ist das? Ich bin jung und stark. Penny war wackelig und alt. Sie hatte eine Schnauze, oh Boy, da musste ich mich arg anstrengen, um da mithalten zu können. Logisch vertragen wir uns schnell. Wir waren dann wieder ein Herz und eine Seele.

Wie ihr alle wisst, war es lange kalt. Das hatte uns nicht gefallen. Lange mussten wir das Mäntelchen für draußen anziehen. Es kam der 18.06.2013. Nach meinen Recherchen war es der erste heiße Sommertag in diesem Jahr. Boah war das heiß und dem folgten viele viele Tage, wo es uns einfach zu heiß war. Penny hatte gelitten. Im Schlafzimmer gab es eine Klimaanlage und da gingen wir alle rein, wenn es Penny zu schlecht ging. Ich hing sehr in den Seilen, sage ich euch. Ich hatte keine Lust, mich von meinen Menschen jagen zu lassen.

Obwohl es mein Morgensport war. Im Garten hatte ich keine Lust, ich legte mich in den Schatten. Das ist unglaublich, Penny war draußen besser drauf als ich. Ach, stimmt, sie kommt aus Florida und war das heiße Wetter gewohnt.

Am 01. August 2013 hatten wir im Garten eine kleine Feier mit den Nachbarn. Ich war auf Beobachtungsposten und Penny unterstützte mich. Das fiel mir schwer, viele Leute in unseren Garten zu lassen. Es war ein Baby anwesend. Das war Emil von unseren Nachbarn unter uns. Das hatte mich interessiert. Ein Baby kannte ich bisher nicht. Das Babygeschrei hatte ich noch nie gehört. Was ich cool fand, als sie ihn in den Kinderwagen legten und hin und her schoben, da lief ich mit als Begleithund. Unsere Nachbarin hatte Angst, dass sie mich anfährt. Ich passte auf mich auf. Alle lachten über mich, ich wusste nicht warum.

Der 14.10.2013 war ein komischer Tag für mich. Es fing damit an, dass ICH kein Frühstück bekam, Penny bekam ihres. Das geht nicht, ob meine Menschen meinten, ich brauchte eine Diät? Ich bin nicht zu dick, meine Haare sind nur so aufgebauscht. Viele Streicheleinheiten bekam ich. Ich meine, die bekam ich täglich, an diesem Tag gab es eine Extraportion. Da war etwas im Busch, dachte ich mir. Ich war mit Frauchen im Büro und sie hat die Tür zugemacht. Ich hatte viele Fragezeichen in den Augen. Als die Tür aufging, bin ich gleich auf die Eckbank gesprungen. Da bekomme ich meinen Käse. Den gab es auch nicht. Mir schwante Fürchterliches. Es kam, wie es kommen musste, es ging zum Tierarzt. Dass ich das nicht toll fand, brauche ich nicht zu erwähnen. Mein Herrchen fuhr mit mir alleine hin, Frauchen blieb bei Penny. Sie blieb nicht mehr gerne alleine.

Ich zitterte, weil ich nicht wusste, was auf mich zukam. Der Tierarzt ist nett. Gut, dass mein Herrchen bei mir war. Es kam die Narkosespritze. Bei mir stand eine Zahnsteinentfernung an. Als ich aufwachte, haben mir sechs Zähne gefehlt. Boa, das war krass. Ich war erst drei Jahre und vier Monate alt. Und ich bekomme erstklassiges Futter, das hat der Tierarzt gesagt. Worüber ich mich total gefreut hatte, als ich aufwachte, war mein Herrchen bei mir. Das hat mich beruhigt. Schmerzen hatte ich keine. Der Tierarzt sagte, dass ich schnell fit war. Was dachte er, wen er da vor sich hatte? Da ich schnell fit war, ging es nach Hause. Zu Hause angekommen kam gleich Penny besorgt zu mir. Sie hat mich gleich beschnuppert.

Ich hatte ihr gefehlt.

Vor einiger Zeit erfuhren wir, dass ich nicht der total reinrassige Malteser bin. Wenn ich ehrlich bin, meine Haare sahen im Vergleich zu Pennys anders aus. Ich habe krause Haare, die kaum wachsen. Pennys dagegen waren lang und glatt. Da war nicht alles astrein in meiner Linie. Von Fachleuten erfuhr Frauchen, dass sie vermuteten, dass vor ein paar Generationen ein Ausrutscher gewesen war. Ob die Züchterin davon wusste, lässt sich nicht mit Gewissheit sagen. Meinem Frauchen ist das egal, sie liebt mich, wie ich bin. Ich habe von dem Kram keine Ahnung. Ich weiß, Frauchen und Herrchen lieben mich total, und ich tue alles, das es auch so bleibt. Wir toben viel und haben eine Menge Spaß. Das ist für mich das Wichtigste.

Im September war ich mit Penny zusammen läufig. Wir hatten beschlossen, das zur gleichen Zeit zu machen. Oh Boy, da sind die Hormone mit meiner Penny durchgegangen. Sie hing ständig an mir und spielte wie wild mit mir. Wo hatte sie diese Energie her? Ob sie vergessen hatte, dass sie eine Omi ist? Davon hatte ich in dieser Zeit nichts gemerkt. Das glaubt ihr nicht, da musste ich vor Penny zeitweise stiften gehen, um meine

Ruhe zu haben. Ich bin nicht dumm, ich bin auf das Sofa gesprungen, da kam Penny nicht mehr hoch. Das fand ich cool. Sie stand unten und hat mich gerufen. Ich konnte es mir siegessicher bequem machen. Dieses Spiel gefiel mir.

Regenbogenbrücke

Ich bin total traurig. Meine Penny ist am 04. Dezember 2013 über die Regenbogenbrücke gegangen. Lasst mich euch das von Anfang an erzählen.

Wir wohnen im ersten Stock und haben eine offene Treppe. Wir sind zu klein, um die steile Treppe herunter zu laufen. Aus diesem Grund trägt Frauchen oder Herrchen uns die Treppe hinunter.

Unser Frauchen, die uns tagsüber die Treppe herunter getragen hatte, bemerkte Anfang November, dass meine Penny zugenommen hatte. Herrchen hat uns gewogen, zugenommen hatte wir beide nicht. Frauchen sagte: „Ich habe das Gefühl, dass Penny kompakter ist." Wir dachten uns, dass es an Frauchens Rückenschmerzen liegen musste, dass sie es so empfand. Frauchen hat ein langjähriges Rückenleiden und bemerkte es, wenn wir zunahmen. Penny fing an, öfters zu zittern. Sie mochte nicht mehr mit mir spielen. Ständig knurrte sie mich an, obwohl ich sie nicht ärgerte.

Und es überschlugen sich die Ereignisse förmlich. Am 22. November haben Frauchen und Herrchen bei Penny einen dicken Bauch bemerkt. Frauchen hatte mit ihren Empfindungen recht. Und Penny machte Pipi in die Wohnung, was ihr selber sehr unangenehm war. Meine Penny war ein sauberes Malti-Girl. Nein, ich habe keine Pfützen gemacht. Herrchen ging mit ihr zum Tierarzt. Frauchen ist bei mir geblieben. Ich durfte nicht mit, wenn ich ehrlich bin, da war ich nicht scharf darauf. Ich habe meine Penny vermisst. Der Tierarzt nahm an, Penny hatte eine Blasenentzündung. Sie bekam Antibiotika, die nicht halfen. Der Tierarzt machte einen Urintest bei Penny, und es wurde Blut darin festgestellt. Wir waren beide läufig, und so ging man davon aus, dass es daran lag.

Pennys Bauch schwoll an, obwohl sie nicht mehr gefressen hatte als vorher. Am 29. November musste sie erneut zum Tierarzt, weil es ihr nicht besser ging. Es sah wie eine Verkrampfung aus. Sprich, sie hatte Blähungen, die schmerzten. Sie bekam eine Spritze und Medikamente für zu Hause. Penny schlief jetzt viel länger. Es war nichts mehr mit ihr anzufangen. Ich legte mich dicht zu ihr, um sie mehr zu wärmen. Ich hoffte, sie würde dann schneller auf die Beine kommen. Bis zum Wochenende erwartete der Tierarzt eine Besserung. Penny konnte keine Häufchen mehr machen. Dass bemerkte zuerst unser Frauchen und auch später Herrchen. Wir alle machten uns große Sorgen um sie. Penny hatte weiterhin guten Appetit, was uns wunderte.

Und zu mir war sie sehr zickig. Abends im Bett knurrte sie mich an, obwohl ich nicht bei ihr lag. Wenn Penny ahnte, dass sie geht, brauchte sie vielleicht mehr Zeit mit Herrchen alleine. Ich verstand es nicht. Am darauffolgenden Wochenende war es nicht besser und ihr Bauch wurde immer größer. Ehrlich, das sah für mich witzig aus, wie sie lief, weil der Bauch im Weg war. Wenn Herrchen nach Hause kam, da konnte sie mir gut den Weg abschneiden - an diesem Tag ließ ich sie gewähren. Wir stritten uns an diesem Tag nicht, wer Herrchen zuerst begrüßen durfte.

Am 2. Dezember ging es meiner Penny sehr schlecht. Diesen Tag verschlief sie, weil sie starke Schmerzmittel bekam. Ich habe sie angetippt, sie hatte Probleme zu erwachen. Unser Frauchen hat sich große Sorgen gemacht. Herrchen telefonierte abends, als er von der Arbeit nach Hause kam, mit dem Tierarzt. Der Tierarzt bestellte Penny am nächsten Tag zum Röntgen. Penny sah aus, als ob sie einen Fußball verschluckt hatte.

Ich machte mir richtig große Sorgen. Mehrmals musste Penny zum Tierarzt. Was war hier los? Frauchen war traurig. Penny hatte sich beim Röntgen alles gut gefallen lassen, erzählte Herrchen. Der Arzt benötigte drei Röntgenaufnahmen von Penny, damit er das ganze Ausmaß erkannte.

Als Herrchen mit Penny zurückkam, hatte er Bilder von Pennys Bauch dabei und sie haben beide geweint. Liebe Leute, es war eine traurige Atmosphäre hier im Haus. Ich hörte Herrchen sagen, dass Penny einen großen Tumor im Bauch hatte. Auf dem Röntgenbild hat der Tierarzt eine große weiße Masse gesehen. Organe konnte er nicht mehr erkennen. Nur ein Teil von ihrem Herz und der Lunge konnte man sehen. Und ihr Darm war durch den Tumor an die Wirbelsäule gepresst. Darum konnte sie keine Häufchen mehr machen. Und meine Penny hatte große Schmerzen. Was uns alle wunderte, dass sie weiterhin guten Appetit hatte. Nur kam hinten nichts mehr raus.

Diesen Blick von Penny vergessen wir nicht. Zuerst zitterte sie vor Schmerzen. Als sie merkte, wir schauen sie an, hatte sie sofort umgeschaltet und uns fröhlich angeschaut. Sie wollte uns nicht zeigen, wie schlecht es ihr ging. Penny hatte mich im

Bett nicht mehr angeknurrt, an diesen einen Abend nicht.

Der Tierarzt sagte: „Gehen Sie mit Penny in eine Tierklinik. Es ist eine Ultraschall-Untersuchung nötig." Er konnte nicht sagen, was für ein Tumor es genau wäre und ob er gestreut hat. Eventuell stand eine OP an, um zu sehen, was da los ist. Penny war herzkrank und Herrchen fragte den Tierarzt, wie die Chancen stehen, dass Penny die OP überlebt. Da sagte der Tierarzt ernst, dass die Überlebenschance für Penny außerordentlich gering sei, wegen ihres Herzens und der Größe des Tumors. Boom, das hatte gesessen. Frauchen recherchierte im Internet. Mit den Symptomen die Penny hatte, deutete alles auf einen Milztumor hin. Der Tierarzt sagte noch, wenn der Tumor gestreut hat, gibt es keine Hilfe mehr. Bei dieser Größe vom Tumor bestand die Gefahr, dass der Tumor jederzeit platzt. Bei einer falschen Bewegung würde meine Penny innerlich verbluten. Ich hatte große Angst um meine Penny.

Es herrsche eine große Trauerstimmung bei uns. Der Bauch von Penny ist noch größer geworden. Frauchen hat sich nicht mehr getraut, Penny herunter zu tragen, weil Penny der Bauch schmerzte. Sie brauchte mehr Schmerzmittel. Herrchen vereinbarte für den nächsten Tag einen Termin mit der Tierklinik. Später stellte Herrchen die Frage in den Raum, ob es gut wäre, Penny eine weitere Untersuchung zuzumuten? Oder ob wir sie in Würde gehen lassen sollten? Was macht es für einen Sinn, wenn wir wussten, ob der Tumor gestreut hat oder nicht. Eine OP würde sie nicht überstehen und es wäre eine große OP gewesen. Daraufhin hat Herrchen den Termin in der Tierklinik abgesagt, und erneut den Tierarzt angerufen. Ob es nicht besser wäre, Penny zu erlösen. Sie war 18 Jahre alt. Ich verstand nicht, was folgte. Ich bin nur ein kleiner Hund. Die gedrückte Stimmung verhieß nichts Gutes. Ich fühlte, dass dies eine außergewöhnliche Situation war. Wir weinten um Penny.

Es kam der 04. Dezember, wo Herrchen mit Penny zum Tierarzt ging. Frauchen kochte Pennys Lieblingsessen, gekochtes Rindfleisch. Das gab sie uns. Das erste Mal, dass ich mich nicht vorgedrängt hatte. An diesem Tag schien es mir fehl am Platz. Penny hatte Spaß am Fressen. Frauchen hatte eine Kerze für Penny angezündet. Sie sagte, es sei ein Licht für Pennys Reise. Das mit dem Datum fanden wir komisch. Es war Sankt Barbaratag und auf dem Adventskalender unserer HP war auf dem Bild mit

Penny und mir, das 4. Türchen auf dem Kopf von Penny. Die Vier war magisch an diesem Tag.

Um 19 Uhr hatten sie den Termin beim Tierarzt. Frauchen und Herrchen haben geweint. Sie versuchten es uns nicht zu zeigen, wir sind nicht dumm. Wir Hunde haben eine feine Antenne, wie sich unsere Menschen fühlen. Frauchen weinte, als Herrchen mit Penny wegging. Ich habe durch das Weinen von ihr nur Wortfetzen mitbekommen. Sie sagte: „Gute Reise meine Kleine." Was, möchte Penny verreisen, oder was hatte das zu bedeuten? Ich verstand das nicht. Frauchen hatte aus dem Lieblings-Bettchen von Penny das Spielzeug weggeräumt. Häh, warum dass? Liebe Leute, ich war extrem unruhig, was ist hier los? Frauchen nahm mich auf dem Arm und weinte. Später hat Herrchen angerufen, dass Penny um 19:15 Uhr über die Regenbogenbrücke gegangen ist.

Ich freute mich, als Herrchen mit Penny zurückkam. Er war traurig und legte Penny in ihr Lieblingsbettchen, am Kopfende haben sie Penny ihre beiden Lieblingsstofftiere, ein rosafarbener kleiner Elefant und ein Schäfchen gelegt. Penny war zugedeckt, nur ihr Kopf schaute heraus. Sie schien zu schlafen.

Dann durfte ich zu Penny.

Oh mein Gott, ich sah, dass sie nicht mehr atmete. Da erst habe ich gecheckt, dass ich sie nicht mehr wecken konnte. Ich habe gejault und geschimpft. Penny wach bitte auf. Sie wachte nicht auf. Herrchen und Frauchen weinten. Ich legte mich halb auf Penny, um sie zu wärmen, wie ich es früher tat. Geholfen hatte dieses Mal nicht. Ich war total geschockt. Frauchen und Herrchen saßen auf der Couch und ließen mich bei Penny. Meine Penny war jetzt im Hundehimmel sagten sie mir.

Ich wich nicht mehr von ihrer Seite. Frauchen versuchte mich zu trösten, da gab es keinen Trost.

Herrchen erzählte, dass der Tierarzt Penny noch einmal gründlich untersuchte, als sie in Narkose lag. Er sagte, dass es eine gute und richtige Entscheidung war, sie zu erlösen. Der Tumor hatte alle Organe nach oben geschoben. Als Nächstes wäre die Lunge und das Herz dran gewesen, und sie wäre qualvoll erstickt. Ich war nicht in der Lage zu sagen, wie ich mich gefühlt habe, als Penny nicht mehr mit mir ins Bett kam? Ich kam mir verloren vor. Ich ging mehrmals nach ihr sehen. Sie stand nicht mehr auf, ich war sehr traurig. Ich habe mir den kleinen rosafarbenen Elefanten genommen. Der bleibt bei mir als Andenken an meine Penny. Ich habe ihn in meiner Höhle versteckt und passte auf, dass Herrchen ihn nicht zum Spielen mit mir nahm. Der kleine Elefant ist mir heilig geworden. Wir fanden es besser, dass Penny in Herrchens Armen eingeschlafen ist, als bei einer OP nicht mehr aufzuwachen. So ist sie mit einem Gefühl der Geborgenheit zur Regenbogenbrücke gegangen.

Mein ganzes Leben war Penny bei mir und jetzt ist es vorbei? Das geht doch nicht. Als sie meine Penny am nächsten Tag aus dem Wohnzimmer trugen, hatte ich es nicht gemerkt, obwohl ich auf dem großen Sofa lag. Ich suchte sie überall. In meine Höhle schaute ich nach, ich fand sie dort nicht. Ich war total aufgeregt, wo war meine Penny. Es so ist leer ohne sie. Wir vier hielten immer zusammen und nun fehlte ein Teil.

Am 05. Dezember 2013 war die Beerdigung von meiner Penny. Sie hat einen schönen Platz in unserem Garten bekommen. Wir waren alle total traurig. Herrchen sagte, dass sie jetzt keine Schmerzen mehr hat, und sie auf einer Reise zu einer schönen grünen Wiese war, mit vielen bunten Blumen und wo sie viele Freunde traf. Benjamin, Friedolin, Kati, Chakka, Johnny und viele mehr und dass wir uns alle eines Tages dort wiedersehen.

Ich selber hing hier herum, hatte zu nichts Lust. Ich habe nicht mehr gebellt. Mir fehlte meine Penny. Frauchen und Herrchen waren traurig. Wir waren gezwungen, unser Leben in die Reihe zu bekommen. Ein Leben ohne Penny war so unvorstellbar. Frauchen und Herrchen gaben sich mit mir viel Mühe. Es war mir nicht möglich, auf dem Platz im Bett zu liegen, wo Penny lag. Es war ihr Platz. Jetzt wo ich durfte, wollte ich nicht mehr. Obwohl sie sagten, dass ich den Platz benutzen dürfte. Die Leckerlispiele waren für mich nicht mehr interessant, es machte mir nichts mehr Spaß.

Die täglichen Spaziergänge mit Herrchen brachten Abwechslung, und das hatte mir gefallen. Ich würde wer weiß was darum geben, wenn ich meine Penny bei mir hätte. Ich würde alles akzeptieren, ihr knurren und ihr fetzen mit mir. Und die Rudelführung wäre mir egal, das wäre mir nicht wichtig.

Frauchen und Herrchen sagten, dass Penny nicht mehr zurückkommt. Ich war unendlich traurig.

Nach ein paar Wochen trauerte ich noch immer um meine Penny. Ich habe sie gesucht und gesucht, konnte sie nirgends finden. Ich ging jeden Tag, zur gleichen Zeit an den Platz, wo Penny zuletzt lag. Das war die Zeit, wo Herrchen Penny brachte. Ich hatte mich vor dem kleinen Sofa gelegt und hing meinen Gedanken nach. Frauchen fand das nicht schlau und hat das kleine Sofa, das noch ausgeklappt war, zusammengeklappt und es in eine andere Ecke gestellt. Ich war konfus, damit hat sie mich aus meiner depressiven Phase heraus geholt. Ich musste mich damit auseinandersetzen, dass mein Leben ohne Penny weiter gehen musste. Das war nicht einfach für mich. Ich hatte Herrchen und Frauchen getröstet und sie mich. Wir rückten noch enger zusammen. Ich war noch nie in meinem Leben alleine mit meinen Menschen ohne einen Hundefreund.

Später erzählte Frauchen mir, dass Penny ihr ein paar Tage vor ihrem Weggang tief in die Augen sah. Und sie teilte Frauchen mit, dass sie auf Herrchen aufpassen sollte. Er würde sich schwer tun, mit ihrem sterben. Frauchen hatte das toll gemacht. Sie war für Herrchen und mich jederzeit da, obwohl sie selber fürchterlich traurig war. An dem Tag, als Penny ihr das mitteilte, fragte Frauchen: „Ob Penny noch lange unter uns ist?" Klar sagte Herrchen, wir haben sie noch ein paar

Jahre. Da hatte Herrchen sich geirrt, er weigerte sich, das in Betracht zu ziehen. Zu dieser Zeit wusste Penny, wann sie geht.

Herrchen und Penny waren eine Einheit. Anders lässt es sich nicht beschreiben. Ich war bei Frauchen und Penny bei Herrchen. Sie hatte ihn früh zu ihrem Rudelführer auserkoren und darum wusste sie, wie er leiden würde, und sie hatte recht behalten.

Es kam das erste Weihnachtsfest ohne Penny. Das war nicht so schön, wie in den Jahren zuvor. Herrchen und Frauchen hatten sich alle Mühe gegeben, es mir schön zu machen. Klar waren wir noch alle traurig. Das erste Weihnachtsfest ohne Penny. Herrchen kam am Nachmittag - er konnte nicht bis abends warten - und hat mir mein Weihnachtsgeschenk gebracht. Es war eine wunderschöne Hängematte. Jetzt schaukelt sie nicht mehr, das hat Herrchen festgeschraubt. Davor hätte ich Angst gehabt. Woher wusste er, dass ich das mag? Ich habe gleich ein Probeliegen gemacht. Oh, das gefiel mir gut. Frauchen hat mir eine rutschfeste Unterlage gegeben, da rutschte die Schaukel nicht weg, wenn ich hinauf und hinuntersprang, als auf dem glatten Laminat. Dieses Weihnachtsfest plätscherte dahin, ohne dass wir viel Freude hatten. Lieber wäre es mir, wenn Penny hier wäre und sich mit mir streiten würde. Ich würde ihr alle meine Geschenke geben. Ohne sie, das war mehr als traurig.

Und es kam dieser Tag, wo sie herum knallen - Silvester. Ich habe immer noch Angst vor diesen Tag. Es ist eine fürchterliche Knallerei. Sie beginnen mit der knallen hier schon ein paar Tage vor Silvester.

Es fing ein paar Tage vorher schon seltsam an, dass meine Leckerchen anders schmeckten. Ich hatte keine Ahnung warum. Bevor ich keine bekam, habe ich sie genommen. Sie waren feucht, anders, als ich sie gewohnt war. Ich hörte am Rande das Wort, Bachblüten. Waren das nicht die komischen Leckerlis von Paulas Frauchen? Die mochte ich nicht. Angeblich beruhigen diese Tropfen, dass ich keine Angst mehr haben musste.

Als der erste Knaller gegen 16 Uhr zu hören war, kam die große Angst und ich lief schnell zu Frauchen. Ich zitterte wie Espenlaub. Klar hat sie mich getröstet, mir war die Sache nicht geheuer. Ich hatte das Gefühl, da kommt noch mehr. Ich beschloss, mich in der Dusche breitzumachen. Mein liebes Frauchen hat ein Bettchen hineingestellt und einen kleinen Tritt davor, damit ich einfacher rein und raus konnte. Als es losging, war es aus mit mir. Bachblüten taugen nichts, sie schmecken nicht und helfen nicht. Ich verstehe nicht, was die Menschen so toll an dieser Knallerei finden. Es ist einfach nur schrecklich. Ich habe mich unter das Bett verkrochen. Mir kam es wie eine Ewigkeit vor. Und stellt euch das vor, die Nachbarn unter uns, hatten ihre Hündin alleine gelassen. Wir hörten ihr schlimmes Jaulen und Bellen. Herrchen und Frauchen sagten, dass ihnen die Hündin leidtat.

Was bin ich froh, dass ich nicht alleine sein musste. Das wäre der blanke Horror gewesen. Erst um 2:00 Uhr in der Früh konnte ich mich beruhigen. Ich musste meine Menschen um 4:00 Uhr wecken, weil ich raus musste. Herrchen ist gleich mit mir runter und ich hatte vor lauter Aufregung einen Durchmarsch. Frauchen sagte, dass ich jetzt ein Jahr Ruhe habe, von wegen. In den folgenden Tagen knallte es erneut.

Ich bin schnell zu meinem Frauchen gerannt und sie hat mich auf ihren Arm genommen. Da konnte ich mich beruhigen. Ich fühle mich viel sicherer, wenn sie mich hochnimmt. Wenn es ganz schlimm wird, weiß ich nicht wohin mit mir. Auf das Sofa, runter vom Sofa, auf den Arm, runter vom

Arm. Frauchen sagte mir, dass wir das nächste Silvester irgendwohin fahren wollen, wo sich die Knallerei in Grenzen hält. Das würde mich total freuen. Ich hoffe, sie findet einen Ort.

In der nächsten Zeit, versuchte Frauchen mich abzulenken. Am liebsten spielte ich das Zeitungspapier-Spiel in der Kiste. Sie versteckten Leckerchen in Papier und knüllten es zusammen. Frauchen sagte, ich hätte mehr Spaß und sie hatte recht. Meine beiden Menschen hatten sich total lustig über mich gemacht, weil ich das Papier mit meinen Pfötchen glatt gestrichen hatte. Verstehe ich nicht. Musste ich machen, damit mir kein Leckerchen entgeht.

Das Spiel gefiel mir, ich erinnerte sie energisch, wenn sie das vergaßen. Egal ob es Nachrichten gab oder nicht. Was interessierte mich das? Ich bin hier die Hauptperson. Einige Zeit gab ich Ruhe, nicht für lange. Geduldig war und bin ich nicht. Herrchen versuchte mich zu vertrösten, weil ich zur falschen Zeit kam, wie Herrchen sagte. Die 15 Minuten warten schadet mir nicht, sagt er. Abends ist meine Zeit. Frauchen kraulte mich zur Ablenkung und war die Zeit der Nachrichten vorüber, waren sie nur für mich da.

Ich hatte mich einmal getraut, auf Pennys früheren Schlafplatz im Bett hinzulegen. Sie sagten mir, dass Penny nicht wieder kommt. Ich war vorsichtig. Frauchen und Herrchen hatten nichts dagegen. Das finde ich toll, abends die Knuddeleinheiten von meinen Menschen zu bekommen.

Wir hatten viel Spaß zusammen. Jetzt gefiel es mir wieder, die fliegende Bettdecke zu fangen. Dazu hatte ich lange keine Lust. Die Spiele machten mir mehr Spaß, als bisher. Diese Spiele hatte Penny nie mitgemacht. Sie lag bei uns, um alles zu beobachten. Penny war 14 Jahre älter als ich. Zum Schlafen legte ich mich runter, wo ich jede Nacht schlief.

Nach ein paar Wochen hatte sich in meinem Spielverhalten einiges geändert. Von Wegen das Papier glattmachen kam für mich nicht mehr infrage. Ich hatte einen guten Trick gefunden. Ich biss in die Mitte von dem Papier und es kam mein Leckerchen heraus. Klar gibt es mehr Schnipsel, ich brauchte sie nicht wegzumachen.

Da mühte sich Herrchen umsonst ab, es mir beibringen zu wollen. Ich wusste nicht, was das zu bedeuten hatte, als er sagte: „Räume deine Spielsachen auf!" Kam nicht infrage. Auf diesem Öhrchen war ich total taub. Damit kam ich durch. Ich hatte eine gute Lehrmeisterin, Penny. Ich machte total auf unwissend. Da half sein reden nicht. Herrchen meinte, das Papier kommt in die Kiste zurück. Ich hatte mich in die Kiste gelegt, damit war er nicht einverstanden, Frauchen und Herrchen lachten. Herrchen hatte es aufgegeben und mein Frauchen hatte Tränen in den Augen, weil sie lachte. Wir halten zusammen, über Blickkontakt genügt das, da verstehen wir uns echt gut.

Geht es euch so, wie mir, dass ihr nicht jeden Tag das Gleiche fressen wollt? Ich musste das meinen Menschen erklären. Mein Herrchen fragte mich, warum ich alles ablehnte. Ist klar, er möchte auch nicht jeden Tag Bohnensuppe, oder? Wir Hunde sind nicht alle gleich gestrickt. Manche Hunde haben es gerne, jeden Tag das gleiche Fressen zu bekommen. Andere möchten Auswahl im Speiseplan haben. Das hat er verstanden. Seitdem schmeckt es mir super. Ich stehe nicht auf rohes Fleisch. Jetzt bekomme ich gekochtes Rindfleisch, das ist was Leckeres. Die Kommunikation mit meinen Menschen ist super.

Ich ging ins Wohnzimmer und aus dem Fenster sah ich Rocky, wie er vor dem Hintereingang vom Bürgerhaus sitzt. Rocky ist viel alleine. Da ist mein Herrchen mit mir zu ihm gegangen. Ich habe gemerkt, dass Rokky nicht verkehrt ist. Ich zeige ihm die kalte Schulter, er braucht sich nicht viel Hoffnung zu machen. Mir geht es viel besser als Rokky. Ich bin nicht jeden Tag alleine. Meine Menschen verbringen viel Zeit mit mir zusammen. Da ich merkte, dass Frauchen gesundheitlich nicht in der Lage ist, mit mir zu toben, beschränke ich mich bei ihr auf Kuscheln und Leckerlispiele. Nachmittags sind wir auf dem Sofa, ich in meiner geliebten Sofaecke und da lasse ich mir den Bauch kraulen. Ich warte bis Herrchen von der Arbeit kommt, das ist meine aktive Zeit. Da komme ich voll auf meine Kosten. Ich spielte und war ausgelassen. Herrchen ging erst mit mir eine Runde laufen. Diese Zeit genoss ich.

Herrchen hatte mit mir draußen trainiert, damit ich nicht alles anbellte, ich hatte kapiert, dass nicht ich die Verantwortung alleine tragen musste. Das tat mir gut.

Hier läuft öfters ein Schäferhund mit Stock im Maul vorbei. Ich finde ihn nicht toll. Er sagte kein Ton, egal wie ich ihn anbellte. Da achte ich nicht darauf, was meine Menschen sagen. Und sein Herrchen lacht noch, wenn er mich sieht. Vor ein paar Tagen

fragte er meinen Herrchen, ob ich ein Mädchen wäre. Was hat das damit zu tun? Ich
beruhige mich dann schwer. Ansonsten ließ
ich die Hunde hier vorbei laufen, ohne mein
Gebell.

Humpeln zum Erfolg

Es war auch so ein schicksalshafter Tag 23.04.2014, als ich vom Gassigang mit meinem Herrchen nach Hause kam, schmerzte mein rechtes Pfötchen. Ich habe keinen Ton gesagt. Als wir alle zu Bett gingen, kam das, was ich gerne vermieden hätte. Mein Frauchen sah, dass ich humpelte. Klar macht sie sich gleich sorgen. Herrchen hat sofort nachgesehen, und meinte den Grund gefunden zu haben. Ich hätte mir etwas eingetreten und er kam mit der Pinzette. Was er da machte, fand ich nicht gut und es hat mir wehgetan. Logisch, dass ich mich gewehrt habe. Er sagte zu Frauchen: „Gehe mit Tinka Morgen zum Tierarzt!" Ach dachte ich, bis Morgen ist viel Zeit vergangen und sie denkt nicht mehr daran. Das war eine Fehleinschätzung von mir. Frauchen beobachtete mich und sah, dass ich noch mehr humpelte. Ein paar Telefonate später saß ich mit Frauchen bei Doris, einer liebe Freundin im Auto.

Sie hat es getan und mich zum Tierarzt gebracht. Im Wartezimmer war es mir nicht geheuer, wenn ich gekonnt hätte, wäre ich abgehauen, Frauchen hielt mich fest. Die Sprechstundenhilfe rief uns auf, und beim

Tierarzt erzählte Frauchen, was ich für Probleme hatte. Ich bekam ein Maulkörbchen um, zur Beruhigung, wie die Sprechstundenhilfe sagte. Ich ließ die Untersuchung über mich ergehen. Der Tierarzt musste seine Lupe holen, um an meinen kleinen Pfötchen was sehen zu können. Dass, was mein Herrchen meinte, war ein Pigmentfleck. Ich hatte mir nichts eingetreten. Es war richtig, dass ich mich wehrte, als Herrchen mit der Pinzette kam.

Liebe Leute, es kam mein Auftritt. Der Tierarzt setzte mich vom Behandlungstisch herunter, um zu sehen, wie ich laufe. Wie? Ich habe etwas an meinem Pfötchen? Nicht die Spur. Ich konnte den Tierarzt um mein kleines Pfötchen wickeln. Ich habe mich zusammengenommen und nicht mehr gehumpelt. Ha ha, alles schaute auf mich. Ich war die Queen der Praxis. Ich lief zum Tierarzt und zurück, schäkerte mit ihm. Er hat gelacht und fragte meine Frauchen, ob ich immer so wäre. Ja sagte Frauchen: „Tinka ist unser kleiner Kobold." Dem hat er zugestimmt. Wie kommt sie darauf? Er fand gefallen an mir, humpeln sah er mich nicht. Ein echtes Malti-Girl von Welt weiß, wann sie etwas zu zeigen hat und wann nicht. Mein Frauchen schaute mich ungläubig an. Der Tierarzt wartete, bis ich mich setzte, es interessierte ihn zusehen, ob ich ein Pföt-chen anhebe, wenn ich sitze. Das habe ich nicht getan. Der Tierarzt schnappte mich und hob mich auf den Behandlungstisch. „Hey, ich bin noch nicht fertig!" Das schien ihn aber nicht zu interessieren. Er unter-suchte alle Gelenke und konnte nichts fin-den. Ich bin gut, oder? Er vermutete eine leichte Zerrung. Ich bekam eine Traumeel-Spritze und wir konnten nach Hause gehen. Der Tierarzt lachte noch und meinte, ein agiler Hund wäre ihm auch viel lieber als eine Schlaftablette.

Zu Hause angekommen humpelte ich. Das gehörte alles zu meinem Plan. Ich habe mir das von Penny gut gemerkt und jetzt konnte ich es ausspielen.

Ich habe es gut bei meinen Menschen oh-ne Frage. Ich dachte mir, wenn ich das Spiel noch weiter spiele, sprechen die Vorteile für mich. Diese Empfehlung gebe ich gerne je-dem Hund mit auf dem Weg. Es lohnt sich. Ihr bekommt mehr Leckerchen, und wenn euch euer Herrchen lieb hat, wie mich mein Herrchen, dann bringt er euch leckeres Ta-tar mit. Nach dieser Aktion brauchte ich eine kleine Pause. Es war anstrengend, diese Show abzuziehen. Ich fiel in meinen wohl-verdienten Mittagsschlaf.

Ich hatte es übertrieben, mit dem Humpeln. Herrchen ist ein paar Tage später, mit mir erneut zum Tierarzt gefahren, weil es noch nicht weg war. Ich bekam eine Spritze und entzündungshemmende Tabletten für eine Woche. Er sagte, wenn ich eine Entzündung im Ansatz habe, heilt sie mit den Tabletten aus. Da es keine Befunde für mein Humpeln gab, musste es der Tierarzt austesten. Nach der ersten Tablette ging es mir schlecht. Morgens habe ich Gras gefressen. Ich hatte Bauchkrämpfe, darum lehnte ich den Käse und Leckerlis ab. Den ganzen Tag hatte ich Bauchschmerzen. Frauchen war bei mir und hat mir den Bauch massiert, das tat gut.

Am Nachmittag hat Herrchen mir eine Traumeel-Tablette aufgelöst und eingeflößt, ich hatte keine Lust zu trinken. Nach einer Weile konnte ich schlafen. Und abends waren die Bauchschmerzen weg, und ich hatte hunger. Frauchen kochte mir Schonkost, die habe ich mir schmecken lassen. Herrchen rief den Tierarzt an, wenn es nötig sei, bekäme ich andere Tabletten. Ich beschloss, nicht mehr zu humpeln, diese Bauchschmerzen waren nicht gut. Somit brauchte ich keine anderen Tabletten zu nehmen. Es ging mir besser. Das lerne ich noch, meine Wehwehchen besser zu dosieren, dass sie nicht gleich mit mir zum Tierarzt gehen.

Eine Empfehlung an alle Hunde habe ich noch. Ich weiß nicht, wie es euch geht, ich liebe Käse über alles. Ich bekomme jeden Morgen einen kleinen Streifen. Hmmm, Käse ist lecker. Meine Menschen hätten es gerne, wenn ich zuerst mein Trockenfutter nehme. Das nervt mich tierisch, sage ich euch. Frauchen sagte mir, wenn du drei Körnchen vom Trockenfutter nimmst, bekommst du den Käse. Und damit hatte sie nicht gerechnet, dass ich bis drei zählen kann. Ich habe exakt drei Körnchen genommen und bekam meinen Käse.

Da ich dieses ewige Gezetere satthatte, erst Trockenfutter, dann Käse, habe ich mich eines Tages auf stur gestellt. Ich machte es, wie ich es von Penny gelernt hatte. Wohl wissend, dass mein Frauchen nicht stur ist. Ich legte meine Pfote auf ihren Arm und teilte ihr mit: "Hör zu, wir haben beide den Stress nicht gerne, gib mir morgens meinen Käse und ich fresse hinterher meine Trockenfutter, Okay?" Seitdem bekomme ich meinen Käse vor dem Trockenfutter, klappt prima, warum erst dieser Aufstand?

Am Nachmittag sind wir in den Garten gegangen, die Sonne schien so schön, es war ein angenehmer Wind. Nach meinem Rundgang durch den Garten legte ich mich auf den Rasen. Der Wind hat meine Haare hinten hochgehoben, das hat gekitzelt. Ach, das Leben ist schön.

Ich habe immer noch meine Trauerphasen. Das Leben ohne Penny ist einsam. Zwar tun meine Menschen alles, dass es mir gut geht, ihnen geht es nicht anders. Wenn wir an Penny denken, überkommt uns Traurigkeit. Frauchen erzählte, an bestimmten Tagen schaut sie sich Pennys Bilder oder Filme an und sie lacht über die Späße, die Penny machte. An anderen Tagen kommen ihr die Tränen, wenn sie Bilder sieht. Es ist nicht jeder Tag gleich.

Eines Abends ging Herrchen mit mir die letzte Runde Gassi für diesen Tag. Ich bin die ganzen 7 Monate nicht an Pennys Grab gegangen. Ich vermied es, an diesen Ort zu gehen. An diesem Tag hatte ich eine große Sehnsucht nach Penny. Dass ich mich zu ihr legte und meinen Gedanken nach hing. Herrchen war geschockt, weil ich das noch nie gemacht hatte. Er hob mich auf und wir gingen hoch in die Wohnung. Herrchen erzählte Frauchen, was ich gemacht hatte. Und er sagte, dass ich mich genauso hingelegt hatte, wie Penny in ihrem Grab liegt.

Obwohl ich nicht wusste, wie Penny dort liegt. Wir Hunde haben unseren Instinkt dafür. Frauchen bemerkte es zuerst, dass die Pflanze an Pennys Kopfseite viel frischer und grüner ist, als die Pflanze auf der anderen Seite. Das Gleiche haben uns Freunde erzählt, wo der Hund über die Regenbogenbrücke ging. Ihr Rosenbusch hatte viele schöne Blüten. Frauchen hat einen Engel draufgestellt. Das sieht schön aus. Wir haben uns richtig gut im Griff. Der 17. April war noch schlimm für uns, da hätte Penny Geburtstag gehabt. Ihr erster Geburtstag im Regenbogenland. Frauchen hat dazu einen schönen Text auf die HP gesetzt.

Wir unternehmen viel, und die langen Spaziergänge mit Herrchen genieße ich. Ich bin total glücklich, wenn wir alle drei zusammen sind.

Mein vierter Geburtstag war ein voller Erfolg. Ich bekam meine eigene Geburtstagstorte. Die roch lecker. Das war eine Rinderhackfleischmischung, und im Ofen für 20 Minuten gebacken. Rohes Fleisch ist nichts für mich. Oben als Kerzen waren vier kleine Würstchen. Ich habe nicht alles geschafft, die Torte war für mich zu groß. Solch ein Frühstück liebe ich. Das war lecker.

Ich bekam noch ein Hundehaus für das

Wohnzimmer. Ich musste eine Weile mit Frauchen im Büro bleiben. Was hatten sie vor? Ich hörte, wie die Wohnungstür auf und zu ging. Herrchen schien raus und rein zu gehen. Ich war aufgeregt, als ich raus durfte und ins Wohnzimmer kam. Mein Haus war schön groß. Da hätten locker zwei Maltis Platz gehabt. Oh, wenn meine Penny jetzt hier wäre, Sie hätte ihre Freude daran. Ich hätte raus geschaut und sie hätte sich innen schön gemütlich zusammengerollt. Mein neues Haus war aus pink und schwarzem Plüsch. An dem Eingang hingen zwei kleine Würste herunter. Damit war ich eine Weile beschäftigt. Ich musste das Haus inspizieren und ich habe gleich den Härtetest gemacht, ob es stabil genug ist. Das war es, innen war eine Kuscheldecke und Spielzeug drin. Oben an dem Haus war ein Spruch drauf: „Oops, wasn 't me" damit war ich nicht gemeint, oder?

Liebe Leute, ich liebe den Sommer, wenn ich mit Herrchen über die Wiesen rennen kann, um Vögel zu jagen oder einfach nur herumzuschnüffeln.

Ich achte darauf, wer sich mir in den Weg stellt. Es ist herrlich ohne Mäntelchen Gassi zu gehen, oder sich einfach nur faul in der Sonne zu aalen. Leider gibt es dann diese

Tage, wo es die Sonne einfach zu gut mit uns meint. Ich meine diese unerträglich heißen Tage, wo der Wind scheinbar in Urlaub ist. Genau diese Tage mag ich nicht. Die schwüle, drückende Hitze haut mich einfach um und ich hänge in den Seilen.

Am liebsten liege ich voll ausgestreckt mit dem Bauch auf den kühlen Fliesen, sobald ich die aufgewärmt habe, geht es ein paar Tapser weiter, wo es wieder angenehm kühl ist. Gut für mich, dass mein Frauchen in dieser Zeit genauso fühlt, wie ich. Nein, sie legt sich nicht mit dem Bauch auf die kühlen Fliesen, aber sie mag dieses heiße Wetter auch nicht.

Herrchen dagegen dreht an diesen Tagen richtig auf, um die verrücktesten Dinge zu tun. Ein zu heiß scheint es für ihn nicht zu geben. Dafür haben Frauchen und ich absolut kein Verständnis. Wir wundern uns, woher er diesen Elan nimmt. Letztes Jahr kam er auf die Idee, in eine große flache Plastikwanne ein nasses Handtuch zu legen, damit ich mich darauf legen kann, um mich abzukühlen. Geht's noch, hat er vergessen, dass das Handtuch nass war? Er sollte doch wirklich wissen, dass ich Wasser nur zum Trinken benutze.

Da ich dieses nasse Handtuch mit Nichtachtung strafte, dachte ich mir, er hätte daraus gelernt, nein hat er nicht. Ihr glaubt es nicht, dieses Jahr kam er mit einer größeren Wanne an. Am Rand war sie nicht sehr hoch. Natürlich war ich sehr neugierig, welches Spiel er sich nun ausgedacht hat.

Wir waren im Garten und ich legte mich in den Schatten, um zu beobachten, was mein Herrchen damit vorhat. Die Wanne stand mitten auf der Wiese, da verschwand Herrchen in der kleinen Gartenhütte, wo die Gartengeräte verstaut sind und kam mit dem Gartenschlauch heraus. Ich dachte, er wollte mit mir spielen, oder wollte er nur die Blumen gießen? Als er anfing die Wanne mit Wasser zu füllen, zweifelte ich an seinem Verstand. Glaubte er, die Blumen würden in die Wanne hüpfen? Ich wusste nicht, was die Wanne mit Wasser und Spielen miteinander zu tun hat.

Nach einer Weile sagte Herrchen: „Das Wasser ist nun warm genug." Kein Wunder bei der Hitze. Er kam zu mir und nahm mich auf dem Arm und stellte mich mitten in die Wanne. Wie ein Blitz schoss es mir durch den Kopf, das hatte er mit Penny auch einmal versucht, und es ist auch damals in Florida schief gegangen.

Damals kaufte Herrchen für Penny einen

kleinen Plastik-Hundepool. Er ist sogar mit hinein gegangen um Penny zu zeigen, dass das Wasser nicht beißt, wie er es nannte. Frauchen sagte, das sah lustig aus. Penny ist an Herrchen hoch gekrabbelt und versuchte ihm zu erklären: „Komm lass mich wieder raus, ich mag kein Wasser und das weißt du. Von mir aus kannst du hier noch planschen, ich schaue dir von einem sicheren, trockenen und schattigen Rasenplatz gerne dabei zu." Frauchen hob Penny heraus und sie lächelte Frauchen dankbar an.

Nun stand ich fast bis zum Bauch in dieser Wanne mit Wasser und konnte nicht glauben, dass er es schon wieder gemacht hat. Ich sprang aus der Wanne, schüttelte das Wasser aus meinen Haaren und sah Herrchen strafend an und rannte zu Frauchen. Ich bin kein Hund wie meine Freundin Emma, die gerne in einem See schwimmt und das weiß mein Herrchen.

Ich bin froh, dass wir die große Tanne mitten im Garten haben, da finde ich immer ein schattiges Plätzchen und kann meinen Träumen nachhängen. Trotzdem bin ich weiter wachsam.

Frauchen sagte, dass sie wieder sehr auf Zecken bei mir aufpassen muss. Ich bekomme kein Zeckenmittel. Dazu hatte mir

Penny früher eine Geschichte erzählt:

„Ein Jahr nachdem ich in meinem neuen Zuhause war, musste ich geimpft werden. Das war auch kein Problem, weil ich es ja kannte. In Florida gibt es Zecken, die gefährlicher waren, als in Deutschland. Herrchen fragte unseren Tierarzt, was wir da nehmen können. Er bekam vom Tierarzt das Flohmittel, Revolution (Selamectin). Es war sehr teuer, aber für mich war das Beste gerade gut genug. Sie rieben mir diese Flüssigkeit zwischen den Schulterblättern ein, wie der Tierarzt es empfahl. Frauchen sagte, dass es nach Marzipan roch, aber ich war sowieso zum Anbeißen, meinte sie. Einige Zeit später bekam ich den ersten Anfall, wo ich meine Vorderpfoten nicht mehr koordinieren konnte. Sie sackten einfach weg. Ich wusste nicht, was mit mir geschah, Herrchen und Frauchen hatten große Angst um mich. Natürlich passierte so etwas immer sonntags.

Dieser Anfall dauerte einige Minuten und dann war alles wieder normal. Meine Menschen gingen mit mir trotzdem am folgenden Montag gleich zum Tierarzt. Er machte mit mir alle möglichen Untersuchungen. Ein Schlaganfall war es nicht, auch sonst wurde nichts gefunden. Ich war an diesem Montag auch wieder total fit. Der 2. Anfall dauerte schon länger. Da konnte ich für 3 Stunden mein Hinterteil nicht mehr hochheben. Ich konnte mich nicht mehr stellen, sosehr ich es auch versuchte. Die Hinterbeinchen wollten nicht mehr. Wieder war das für uns total aufregend. Auch dieses Mal waren wir beim Tierarzt und dieses Mal ließen Frauchen und Herrchen eine große Blutuntersuchung machen. Ohne Ergebnis. Es war alles in Ordnung mit mir. Alle Werte waren im grünen Bereich. Ich traute mich für lange Zeit, nicht mehr auf die Hundetreppe zu gehen. Ich hatte immer Angst, diese Anfälle kommen wieder. Ich wurde sehr vorsichtig. Frauchen telefonierte in dieser Zeit mit einer Freundin in Deutschland und sie erzählte ihr, was ich für ein Flohmittel bekam. Da fragte die Freundin, ob Frauchen auf die Nebenwirkungen geachtet hat. Sie ging ans Internet und da konnte sie es schwarz auf weiß lesen. Genau dieses Mittel kann solche Anfälle verursachen, weil es eine Art Nervengift ist. Wie sich wohl jeder denken kann, flog das Mittel bei meinem Frauchen sofort weg. Frauchen regte sich sehr auf, weil sie dachte, was der Tierarzt verkauft, ist in Ordnung.

Später erzählte Herrchen von einem Kunden, der einen großen Hund hatte. Dieser Hund ist an dem Mittel gestorben, auch er hatte dieses Mittel vom Tierarzt bekommen."

Als wir nach Deutschland kamen, sprachen Herrchen und Frauchen den Tierarzt auf dieses Mittel an. Obwohl die Beschreibung in Englisch war, konnte der Tierarzt es bestätigen, dass es zu solchen Ausfällen kommen kann. Er sagte aber auch, dass es kaum ein Mittel gibt, wo diese Substanz nicht drin ist. Also verzichteten unsere Menschen ganz auf ein Flohmittel. Ich hatte ab und zu eine Zecke, die holte Herrchen sofort raus und ich hatte Ruhe davor.

Als ich dass von Penny hörte, war ich doch sehr froh, dass Herrchen und Frauchen mir so etwas nicht gaben. Sie gehen mit mir nicht in Wälder oder durch hohes Gras. Nach jedem Gassigang werde ich nach Zecken untersucht. Das ist mir auch viel lieber, als wenn ich so etwas durchmachen müsste, wie Penny damals.

Ich weiß, ich habe noch viele spannende Jahre vor mir. Darüber berichte ich euch später.

Danke

Mein Dank geht an Emmy Mautner, die mich immer wieder angestupst hat, dieses Buch zu schreiben.

Ich danke Ilona Hambitzer, es macht Spaß sich mit ihr auszutauschen. Sie stand mir jederzeit mit Rat und Tat zur Seite.

Mein größter Dank geht an Tinka, ohne sie wäre dieses Buch niemals entstanden. Dieser kleine Kobold hat unser Welt total verändert.

Ein besonderer Dank geht an Penny, unsere kleine süße Malteser-Diva, sie ist am 04.12.2013 über die Regenbogenbrücke gegangen. Wir merkten sehr schnell, dass sie ein ganz besonderer Hund war. Sie konnte uns wirklich in die Seele schauen.

Ich danke den Mitarbeitern des Tredition-Verlages für die freundliche Unterstützung meines Buches.

Zeitfracht Medien GmbH
Ferdinand-Jühlke-Straße 7
99095 Erfurt, Deutschland
produktsicherheit@kolibri360.de